新・南海に寄す

酒井 政好

はじめに

今回出版に及びました『新・南海に寄す』はすでに、二〇〇五年に『南海に寄す』として自費出版したものでございます。出来得る限り歴史的事実に基づいて、書き進めたものでございますが、何分著者の不勉強と無知のため、筆が充分及ばぬ場面など出てくると思いますが、そこは何とかご勘弁いただいて、機会がございました時に、ご指摘ご教授いただきまして、小生のこれからの文芸の肥やしにしたいと思いますので、どうぞよろしくお願いいたします。

ご存知のように、およそ四百年前の島原の乱で、この地（この場合、口之津）の住民は命脈を絶たれてしまったと申します。そして幕令で、四国は小豆島より移民を募り、ここに新たに文化を築き発展させました。そんな話もとうの昔に歴史の彼方に、追いやられてしまったかもしれません。そして目覚ましく発展した栄光の歴史すら残る口之津は、今深い眠りに就いてしまいました。これではご先祖に申し訳ありません。

ここら辺で、一度目を覚まして、改めて口之津は何だったのかを、歴史に問いかけるのも、必要なことではないかと思いまして、その話の話題に微々たるものではありますが、貢献できれば……と、そのように考え、筆を起こした次第であります。

先には、この地域も『世界遺産』にとの話も出ております。

未来は洋々と開けております。この機会を見逃す手はございません。

皆々様には、どうぞ明るい未来を信じて、先々を見据えて、邁進されることを、そして微々たるものではございますが、お力添えになることをお許しください。

出版に際しまして、陰ながらお力添えを戴きました、白石正秀氏の著書によります『郷土の歩み』、杏林大学教授であられます松本昇様、そして森行輝様はじめ『口之津史談会』の皆様、岩本猛様、そしてこの著書を手掛けてくださった『星湖舎』の金井一弘様に、深くお礼を申し上げます。

平成二十七年一月

酒井　政好

目次

新・南海に寄す

第一章　荒波の中の口之津

この物語は長崎県の南端に位置する南高来郡口之津という小村を中心に起きた、不思議な歴史的物語である。

「南高来郡（たくのごうり）」というのは景行天皇が九州巡幸の折り、肥後の長州から勅使をやって、この地を視察なされた時、高来山（温泉岳）にいた山神「高来津坐」が出迎えたことから、高来郡と名付けた。また有明海の入り口にあるから口之津（くちのつ）と呼んだとも、あるいは天正・慶長の頃、ゼイスト教徒の本拠にて、日本西教史訳本にはコノシスと見え、越之巣の当て字により口之津と呼んだ、との伝えもある。

さて十六世紀頃の口之津の地には、およそ千二百人の人々が住んでいるだけの小さな農漁村でしかなかった。が、驚くべきことは鹿児島にイエズス会宣教師フランシスコ・ザビエルが上陸した――船は時化にあって漂流し、上陸した地点がたまたま鹿児島であったとも言われる。——天文十八年（一五四九）、そしてその十四年後の室町時代、永禄六年（一五六三）には、この地口之津に、ポルトガル人の宣教師がやってきた。名をルイス・アルメーダという。アルメーダは口之津↓島原↓口之津↓島原↓福田↓大村↓福田↓口之津と回り、五年後には口之津の全人口千二百人、全員をキリシタンとなした。

ここでちょっとした勉強会を催すことをお許し願いたい。というのは先程のイエズス会のことである。イエズス会とはどのようなものか、ということであるが、この会は一五三四年八月十五日、ザビエルを含むイグナチウス・ロヨラら七人がパリはモンマルトルの丘で誓約を立て、一五四〇年に創設した司祭修道会である。一五七三年、クレメンス十四世により解約の憂き目に遭った。以後それを復活させ大修道会にまで発展させた。「より大いなる神の栄光のために」を標語に制服・義務的日課などを廃し、修道会史上に一時期を画したが、厳しい戒律を設けた。主に二つの活動領域、反宗教的改革運動として、ヨーロッパ伝道、学校経営に当たり、また一つは異教地布教を通して、大きく成長しつつあった。ザビエルらが鹿児島で伝道に当たったのもその趣旨によるものである。

——という訳で、話を元に戻せば、口之津には教会も設立された。そのはるか昔、この地には宗教が全くなかったのか、と言えばそうでもなく、大宝元年（七〇一）には行基温泉山大乗院満明寺が開山され、和銅二年（七〇九）には玉峰寺末庵となる口之津早崎海潮庵が開基している。だが、ほとんどの信仰心はといえば神仏混淆であり、慶応四年（一八六八）、神仏判然令が施行されるまで、このどこか曖昧で判然としない宗教が土着民の間で広まっていた。そして、そのほとんど全てが、超自然的呪術が基になっており、神懸かり的存在のいちこと呼ばれる巫女が自然界（神の国）と人間界を繋ぐパイプ役になっていた。つまり巫女が神のお告げを人々に伝えたのであった。そして、このいちこと呼ばれる巫女が神の声を聞き、また、政事にも大きな影響を与えたとされ、この地の精神的土壌の中心でもあった。病を癒し、様々な揉め事の仲介者となるなど、冠婚葬祭にも深くかかわっていた。

場所は異にするが、この種の人々（巫女たち）は遠く古代ギリシャ以前にも存在し、絶対的な権限を持っていたが、紀元前七百年頃になると、ホメロスやヘシオドスらにより、神話が文字で表現されるに及んだ頃から、神に対する懐疑の念を持った者たちが現われた。例えば紀元前五七〇年頃、クセノファネスという哲学者があまりにも人間に似ている神々を公然と批判するという事態にまで発展。宗教に科学のメスが入ったのである。そして、科学が進むにつれ、頭が痛いのは体に巣食った悪魔のせいであるとか、腹が痛むのは修業が足りないからだ、とかいうのではなく、それは病気であるから薬を正しく服用し、養生することだ、というような医学も発達してきた。

アルメーダはこうした医学的な素養を身につけ、ラテン語系のめりはりの利いた言葉で熱心にその教えを説き、時には患者を抱き締め、背中を摩り、病の痛みを卓抜した外科的手術で治療し、その魔術的治療法は逆説的には、科学（医学）の何たるかを人々に知らしめた。

アルメーダはたどたどしくではあったが、身振り手振りよろしく覚えたての日本語を駆使し、説明したのであった。信仰が広がり、永禄十一年（一五六八）、口之津の全人口千二百人はことごとくキリシタンとなり、天正八年（一五八〇）には有馬に生徒数二十二人のセミナリヨが建てられた。そのアルメーダも天正十一年（一五八三）、天草河内浦にて帰らぬ人となった。三十歳である。

この頃の口之津は、まだ肥前の龍造寺の勢力が大きく、大村・有馬・松浦をその支配下に治めていた。天正六年（一五七八）、大友氏が日向、耳川合戦で破れると、龍造寺隆信は弱体化した大友氏の領国を次々と侵食していった。そして、遂に龍造寺隆信が島原半島まで軍を進めたため、有馬晴信は島津氏に来援を請い、両者（龍造寺と有馬・島津軍）の間に激戦が起こった。その結果、龍造寺隆信は戦死し、その勢いは急速に衰えていった。話は前後するが、この龍造寺弱体化前、永禄六年（一五六三）頃、口之津ではすでにポルトガル人、アルメーダが布教活動をしていたのであるが、天正七年（一五七九）七月には布教の足場を固めるべく、ポルトガル船が口之津に着岸し、赤毛で鷲鼻の大男、アレッサンドロ・ヴァリニアーノが岸壁に降り立ち、手始めに有馬晴信に授洗を施した。そうすることにより、晴信は弾丸・火薬・食糧など六百ドラカドの援助で、龍造寺の所領を自分のものとすることに成功していたのであった。

さて、これより口之津は有馬の領主長門守（松倉勝家）の支配下に入るのであるが、勝家はその父重政以上に苛酷な税の取り立てを行った。

この時、北有馬村の庄屋三吉がキリシタンの教えを説き、死罪となるに及び、すでにキリシタン信奉者となっていた農民たちは有馬・加津佐・小浜、そして千々石の代官を次々に殺害していった。さらに天正十四年（一五八六）十月二十七日、森岳城を陥落寸前にまでに追いやった。この蜂起の波は堂崎・布津・深江、そして木場にまで及び、松倉領の三分の二、南目全域が一揆勢に制圧された。そして、同日、天草の大矢野、上津浦の庄屋たちも加勢し、小西行長旧臣、益田甚兵衛の子、天草四郎時貞を総大将に、戦いの炎は燃え広がっていくことになる。

ところで、話は前後するが、キリスト教がじわじわと浸透しつつあったこの頃、キリストの洗礼を受ける大名が相次いで現れた。大友宗麟・有馬晴信・大村純忠、それに中浦甚五郎らがそうである。そして彼らはアレッサンドロ・ヴァリニャーノらの勧めで天正十年（一五八二）一月二十八日、四人の少年使節をローマ教皇の元に送ったのである。その名前を伊東マンショ・千々石ミゲル・中浦ジュリアン、そして副使節の原マルチノといった。

四人は海路リスボン（ポルトガル）に上陸し、スペイン国王フェリペ二世に謁見。天正十三年（一五八五）三月、教皇グレゴリウス十三世――参考までに申しておけば、この教皇はこれまでのユリウス暦をグレゴリウス暦に変えた人である――に謁見し、使節は教皇に大友・有馬・大村、三大名からの書簡と贈り物を献じ、"黄金の拍車の騎士"の称号を与えられた。彼らは中等教育程度の神学校であり、オルガン奏者、合唱者、そして画家の養育機関であるセミナリヨ開設の援助を取り付けた。一同は天正十八年(一五九〇)七月に帰国したが、国内では豊臣秀吉のキリスト教禁制に入っており、華々しい歓迎は受けなかった。キリスト教禁制とは人格主張、自由追求の教義、教会領の設立などが中央集権体制の妨げになる、ということで天正十五年(一五八七)、秀吉が九州征伐の直後に、バテレン追放令を出し、禁制への第一歩を踏み出したものを意味する。余談であるが、慶長一年(一五九六)、サン・フェリペ号事件に際しては、長崎、西坂公園のペドロ・パプティスタら二十六聖人の碑にあるように信徒であるという理由で、処刑された人々もいる。文久二年(一八六二)ローマ教皇ピウス九世に列聖され、この名を与えられた。こうしてキリスト教に対しての秀吉の妄想は島原の乱後、踏絵、宗門改、寺請制度などとなり、鎖国に突き進む。だが、一部は隠れキリシタンとなり、外海・平戸・生月島、そして五島などを中心に、三万人程が生き延びたという。その後の彼らの行動は様々で棄教した者、殉教した者も数多くあった。

そして、キリスト教迫害は重税に喘ぐ農民たちが結託し、天正十五年(一五八七)豊臣秀吉がバテレン追放令を出したのを機に、寛永十四年(一六三七)、百姓衆三万七千人はついに原城を拠点にして、幕府軍十二万四千人と相戦うことになった。これが世にいう島原の乱の始まりである。

原城は比類なき守城の要衝であった。城は周囲に堀が巡らされ、生木を切り出し規則正しく土塀に打ちつけ、その間を大竹で埋め、板を打ちつけ、堅固に築かれていた。本丸は東から三の丸、二の丸、出丸、そして天草丸となり、東南北は切り立った断崖絶壁を背にし、幕府軍にとって、海からの攻撃は、ほとんど不可能に近かった。平戸からきたオランダ船が沖から攻撃したが、弾の威力はまるでなかった。

開戦に備え兵糧は口之津にあった島原藩の蔵から、米・鉄砲・銃弾や火薬などを奪った。

城内はいつ襲ってくるやもしれぬ幕府軍に備え、一日、一日が緊迫の極みであり、女、子供までもそのか細き手に鎌や鍬を持ち、城崖を登ってこようものなら、幕府軍にひと泡吹かさんとし、岩石落としや、たぎらせた糞尿を頭から浴びせやらんと意気込んでいた。

この時目元清しくきりりと真一文字に結んだ唇、頭には十文字の入った三尺の真白き鉢巻きをした若武者、いやキリストの使者、天草四郎時貞は独り天守にあり、燃え尽きようとしている蝋燭の薄明りの中で、神キリストに祈りを捧げていた。たった独りでいると日々に消耗していく食糧と幕府軍の大きさが手に取るように分かる。それにこの戦いはいつまで続くのか？　次々と襲いかかってくる幕府軍の数は一向に衰えることがない。

反面籠城している自分の味方たちは目に見えて減っていく。残兵一人になるまで戦い抜き喜んで「ぱらいそ（天国）に行く」、と誓ったはずなのに、どんどん減少していく仲間の兵に心を痛め、その無駄な消耗戦に打ち沈んでいた。誰がどのように考えても勝ち目はない。分かっているのに戦わざるを得ない理不尽さ。いたずらに苦痛を先き延ばしにしているだけである。これは本当に神の思し召するところであろうか？　長引けば長引くだけ苦痛は続く。それはむしろ人間本来のものに反しないであろうか？　『自分が幕府軍に身を投じ、籠城の民の生命と引き替えになるべきではないだろうか？　いや神は不滅。唯々神の奇跡を信じることこそ大事。死しても不死鳥の如く蘇ることが出来るのだ。恐れてはいけない。今は死して本望』そんなことを思っているところへ、突然起きた大轟音。見ると大岩石が四郎のすぐ近くに落下し、天主の部分に星々がさんざめいている。大音響は「さん・ちゃ・ご！」「いえじし・まりあ！」の大叫声に変わり、ひとしきり大きなどよめきが起こった。

先程まで気勢を上げていた農民兵が銃弾で頭を打ち抜かれてどっと倒れた。その血飛沫の中で剣を振っていた男も「ぱらいそ」の掛け声も虚しく撃ち殺された。額に十文字を描いた鉢巻きの男が助け起こそうとして、血糊の中で足を滑らせ、城崖から転落していった。女、子供が負傷兵を看護して、忙しく往来している。何も分からぬ稚児の泣き叫び、男たちの互いを励ます声。苦痛の叫びと、肉親を痛む両親、子供の悲痛な泣き叫び。狂乱状態の人々の祈りとも呻きともいえない呪訴。そんな中から迸るような「いえじし・まりあ」の合唱。一瞬たりとも油断ならない状態の中でただ「ぱらいそへ行く」ことのみを信じ、念じ戦って死んでゆく。二月の空は星々も凍りつきそうな夜であったが、この地上のほんの小さな一角は燃えたぎっていた。

事の起こりはそんな夜であった。幕府軍の総攻撃が始まる前日、百姓は徘徊する怪しい影を発見し、竹槍で一突きした。それは原城の様子を見ようと、本陣からやってきた甲冑勇ましい武将であった。血の中で喘ぎながら武将は、

「我、板倉重昌なり」と名乗りを上げた。

「何？　本当か？」続いて「我、板倉を討ち取ったり」大声が起きた。

「灯りを、灯りを……」百姓は興奮の極みの中で声を引きつらせて叫んだ。蝋燭の光の中であぶりだされた男、それは紛れもない板倉重昌。人相書きと照らし合わせても、その髭面がそれを如実に証明していた。それが泡を吹いてひっくり返っていた。

「人相書き通りじゃ。間違いないか」そばの男は確信して言った。

「こやつのために……」その男は敵将の頭を足で蹴り上げた。そこへ四郎もやってきた。そして言った。

「まだ息がある様子。手当てしてあげなさい」その百姓は「えっ？」と言ったが、跪いて十字を切っている四郎を見て、自分も純真な気持ちでそれに従った。周りに集まっていた人々も、敵将を哀れむように膝を折り、祈りを捧げた。

少時すると重昌は息を吹き返し、周囲を見回していたが、やがて自分の所在が敵陣だと分かったらしく、「斬れ！」と言った。この時、誰かが「神のご加護を」と言った。その一言は

大きな言葉の渦を巻き起こした。「さん・ちゃご」「いえじし・まりあ」

重昌は両手で耳を塞いだ。

「あなたのような人こそ神の思し召しが必要なのです」四郎はその肩に手を置き、静かに手を離し、十字を切った。全ての人々は口々にそれに唱和した。この時重昌にとっては死ぬことだけが、選択肢として残された。哀れにも重昌は傍らにあった刀を掴むと、深々と己れの腹に突き立てた。

〽新玉の年の始めに散る花の
　名のみ残らば魁と知れ

重税で農民を苦しめた、武士にあるまじき男としては、なかなか美しい歌ではある。四郎はこの男の遺体を丁重に扱ったという。

直後、幕府軍は総攻撃をかけた。

原城が落ちたのはそれから間もなく、寛永十五年（一六三八）、酷寒の日であった。弾薬も食糧も尽きた二月二十八日。

口之津、そして隣村の加津佐の戦死者の数は三千九百四十九人となっている。戦いに参加した人々はことごとく戦死したのであった。従って誰も天草四郎時貞の最期を見届けた者はいない。ただ『私は死ぬ訳にはいかない。永遠に生き続けて報われぬ人々の励みにならねば』という謎めいた言葉が書かれた白装束が風に舞っていたというが、これも定かではない。

　こうして人の絶えた、荒廃した島原半島南端の地、口之津がそこに残された。


　二十八歳の若き狼、武井幻蔵は因島、来島で活躍している村上水軍に、強い憧れを抱いていた。特に弘治元年（一五五五）、村上虎吉は小早川隆景を介して、毛利元就と手を結び、そして周防の守護、大内義隆を自刃にまで追い込んだ義隆の重臣、陶晴賢を厳島にて葬るという噂は、幻蔵をして大いに発奮させた。

「元就はひどく計算高い性格ゆえ人に嫌われている。それにもかかわらず元就の軍勢に勝算ありと村上がその微妙な心理を読み切るに至った理由は……」夕食の席で幻蔵はぽつりと言った。そして続けた。「最初は負け戦になると警戒した村上水軍じゃったが、一転して勝つと確信するに至った水軍の読みは大したものじゃ。これでまた大いに名を上げたわい」と言葉を繋いだ。

「その意外性をついた村上水軍のやり方は何だろう？」箸を止めて、弟の一蔵は尋ねた。

「負けそうな奴は大いに金を出すからじゃぁ」

「陶晴賢は水軍に金を積んだのか？」

「だが、村上はにべもなくそれを断った。彼には多分、天の動きが読めたのじゃろう。嵐が起きるなどとはこの男以外の者には予測がつかなかった。そして、まさに嵐が起こり、それを厳島明神のご加護として、油断する陶軍に奇襲をかけた」

「毛利方は厳島明神に、特別の配慮でもしたのか？」

「何でも敵将が火を放った時、元就は真っ先にその消火に努め、社殿を守ったとかいうが……」

「なるほど、その功徳により元就軍が勝利を治めた。そういう訳じゃな」

一蔵は続けた。

「ところで兄者、水軍とはそもそも何じゃ？」

「うむ。世に言うように泥棒、盗人の船団ではなく、瀬戸内海を安全に往来したくば、通行税を払えという……、水先案内人みたいなものよ」

「水先案内人か……。わしもその道を志すべきであった。さすればかような貧乏暮しをせずとも済んだものを」実際この島（小豆島）はろくに米も取れず、麦や粟ばかり。それも痩せた土地柄であるから、わずかしか取れず、そのわずかな麦粟を米に換算して、領主に納めていた。庶民には米の飯など滅多に口に入るものではなかった。

だが、幸い海の資源には恵まれていたから、兄弟で毎日釣りに出掛け、金に換えたり、それでわずかな米を買ったり、目下の生業はそれによって賄われていた。

一蔵は食事を終えた幻蔵が、釣具の手入れをしている背中を、ぼんやり眺めていた。かつては武田信玄に仕え、勇名を馳せた男であった。その時の武勲で武井の姓を貰ったのであったが、戦で腰を痛めてしまい、少時静養の予定が長引き、ここ小豆島で娶った妻トキと共に住み着いてしまった。持って生まれたものであろう。幻蔵の軽やかな身のこなしは、惚れ惚れするものがあった。またその六感の冴えは、例えば漁では今まさに沈めた糸先にどんな獲物が掛かっているか、ずばずばと的中させた。魚によりその当たり方が微妙に違うのだという。それどころか、潮による魚の移動——いつその網代に行けばどんな魚がどれくらい集まっているか、といった、そんなところまで的中させた。『俺は忍者にでもなれば良かったなぁ』と盛んに天性を悔しがるのであった。『ここは良くないが、神経は冴え渡っている』恐らく、彼は頭の良い人間は頭で食えるし、そうでない者は才能が備わっている、ということを言いたかったのであろう。何人もそのどちらかに恵まれているのだから、悲観することはないと言いたかったのか、自分の頭を拳でコンコンと叩いた。

だから戦いでもその敏捷性から、敵方のみか仲間内にすら恐れられていたのだった。だが、その過敏ともいえる神経ゆえ、彼は協調性に欠けていた。要するに日常の中に安住出来ない気質で、いつも何かがはみ出しており、仲間に溶け込めないでいた。その苛々がまた、彼の行動の原動力となりもするのだが……、やがて行き過ぎて奇異とも思える行動に行き着いてしまい、いつの間にか仲間から非難される憂目に遭ってしまう。加えて自分では伝家の宝刀としているが、時々起こる癇癪が、これまで積み上げてきた価値ある自分を、一瞬にして無に帰せしめてしまう。それが仲間から見れば、裏切り行為となってしまう。だから彼はいつも独りであった。そんな性癖が今度は自分の一粒種の清太郎に向ける歪んだ愛情となってしまうのにも困りものであった。

『ここがわしの死に場所だ。大自然を相手に仕事が出来るとは、最高ではないか。瀬戸内海の朝、昼、そして夜の顔を毎日眺めて、釣り糸を垂れる。これこそ自分が追い求めてきた天よりの贈り物だ』だが、それを一蔵は「ひとつの逃避だな」と言った。

「負けに負けて流されてここ小豆島に行き着いたというだけで、そこには何の志（理念）があるというのだ？」と責める。一蔵は年若らしく理想を持っている。だから兄者のような男にはなりたくない、と口には出さぬが、かねがねそう思い続けてきた。幻蔵は幻蔵で自分の生き方を一蔵に押しつける気は毛頭なかった。それどころか、わしのようになってはいかん、とむしろ一蔵との間に一定の距離を置いたのだった。幻蔵は道を踏襲せぬようにと弟に機会あるごとに、書物を買い与えた。一蔵はそれを一語一句がどのように配置されているか、前後の関連性、絵や図と見比べながら、繰り返し繰り返し根気よく探っていくうちに、意味を理解していくようであった。

小豆島の土庄《とのしょう》の渚は猫の額ほどの小ささではあるが、いつも輝くばかりの白砂に覆われているが、嵐の去った今朝の浜辺には、大小の木片や海藻、小魚類などが打ち上げられ雑然としていた。

一蔵は船の様子を見にと、寄せては返す渚の水際を歩いているうち、藻屑に巻かれた人間らしき影を発見し、飛んで行った。急ぎ近寄ってみると、それはまさしく人間で、まだうら若い娘であった。娘は七分丈の黒と茶の混じった小袖を纏い、黒髪は長く頭の後で結んだおさげである。一蔵はまだ脈があるのを確かめると、背に負ぶい急ぎ家まで運んだ。幻蔵はそれを見ると、妻トキに湯を沸かすよう指示し、古めかしい印篭を持ってきた。そして囲炉裏のそばに横たえられた娘に、気付け薬を与えた。そして待つこと小半時もすると、娘の頬にうっすらと赤みが差し、やがて娘は静かに目を開いた。その目は少時虚ろであったが、やがて上半身を起こすと、周囲を見回し、どうやら自分の所在が理解できたようで「お助けいただき有り難うございます」と言った。そしてなおも注意深く見回しながら「連れの者たちは？」と質した。

「何？　他にも誰かいたのか……？　打ち上げられていたのはそなた一人であったが……小さい浜ゆえ、よもや見落とすようなこともないと思うが……」と一蔵が言うと
「供二人を連れて出たのですが……」と言う。

「そなたのようにどこぞに流れつき生きていれば良いが……。何しろえらい時化であったけに。で、近くでは見かけぬ顔じゃが、どこのお人ぞ？」一蔵が問うと、娘は自分は因島村上虎吉の娘、カスミである、と答えた。

「では、あの水軍のお人か？」

「そうです。昨日は良い天気であったのに、急に海が時化だして、三人とも船の外に投げ出されてしまいました。海に生きる者の娘がこともあろうに……」娘は仲間を失ったことに涙を流し、自分が天候の変化を見抜けなかったことを恥じ入るようであった。

「いや、いや。もう二十年近く漁師をやっているが、海は手強い。魔物の棲み家じゃ。もう少し養生したらば、小舟じゃが因島までお送り申そう」

「かたじけのうございます。何から何まで」

「なに、困った時はお互い様じゃて」

翌日。

土庄の浜辺は静かに凪ぎ渡っている。一蔵は近くにいた漁師たちと、二言三言言葉を交わすと、カスミを先に舟に乗せた。小豆島から因島までおおよそ四十里。小舟にとっては大変な距離である。だが、一蔵は瀬戸内海には、大小様々な島が点在しているから、休み休み行けばそれ程しんどい仕事でもなかろうと踏んでいた。だが、文字通り板子一枚である。

一蔵とカスミは風をはらんだ帆掛け舟に乗り込み、一路因島を目指した。舟は風に乗ってひた走る。一蔵もカスミも海に生きてきた人間である。よもや方角を間違うことなど考えられない。問題は瀬戸内海を荒らし回っている海賊船「海鳥」に出くわしやしないか、という不安であった。その不安は間もなく的中した。小舟が水島灘を越え、真鶴島へ差し掛った時である。数隻の海賊船が白波を蹴たてて、二人の乗る小舟に近付いてきた。「海鳥だな」カスミは一蔵の方を振り向いた。だが、逃げる手立てなどなく、相手の出方を待つしかない、一蔵の目もそう言っている。やがて海賊船「海鳥」は二人の乗る小舟にその大きな図体を横付けした。海賊たちは皆右舷に集まり、真っ黒な顔に異様に白い歯を見せて、薄気味悪く笑っている。やがて一人の筋骨隆隆たる男が、海賊船から小舟に乗り移ってきた。そして怒鳴るような野太い声を、その咽喉から吐き出した。

「どこの者ぞ、お前たち」

「わしらは小豆島の者。訳あって因島へ参る」一蔵が言うと、男は鋭い目でカスミを見た。

「これはお前の女房か？」右手で顎をしゃくり上げ、右、左に傾けつつ凝視した。首に掛けた首飾りを値踏みするように、骨太い指で触り、感触を楽しんでいる。「こんな物を持っているとは？　お前は只者じゃないな」一度一蔵に目をやり、カスミの方へ向き直った。「村上の者だよ」カスミは相手の目をきつく見返した。

「村上の？　村上の誰じゃ。名は何という？」

「村上虎吉の娘じゃ」

それを聞くと、海鳥の首領は狼狽えた。

「そうか。村上の者じゃったら生命は取らねぇ。代わりにこれを貰っていく」と言い、首飾りをきつく引っ張ったために、赤・青・黄、虹のような小玉は、首から離れはらはらと四散し、海中へ弾け飛んだ。「ちっ」盗賊は舌打ちすると、それを拾いもせずに引き揚げて行った。

「ハッハハハ……。あの慌てようはなかったな。それにしてもお主の親父はすごいんじゃな。連中に知れ渡っているようじゃ」一蔵はカスミを見た。カスミは首のあたりを摩っていたが、これで借りが返せたと喜んだ。

途中、水島で夜を明かし、因島へは出帆してから二日目の夕方に着いた。

小豆島の土庄と同様、浜辺には漁に出て行こうとする者、漁から帰ってきた者で活気に満ちていた。お互い「釣れたなぁ?」「うん、ちっとも釣れんかった」と挨拶代わりに自分たちの今日の成果を語り合っている。そんな中、ひと際恰幅の良い日焼けで真っ黒になった男がこちらを見ていた。一蔵にはこれがカスミの父親、村上虎吉であることが容易に察知出来た。カスミは時ならぬ時化にあったこと、仲間が二人行方不明になったこと、そして一蔵に助けられ、ここへ戻ってきたことなどを告げている。

「そうか、お主がカスミを……。かたじけない」大男はそう言い、一蔵の肩を抱いた。そんな二人の様子を眩しそうに見ていたカスミは

「親父殿、ひとつお聞きしたい」カスミは続けた。「途中海鳥と名乗る海賊に遭ったのですが、親父殿の名前を聞き、ひどく狼狽えておりました。一体あれは何者ですか?」それを聞いた虎吉は一瞬険しい顔をした。それを見たカスミは質問すべきことではなかったかもしれない

と思った。虎吉は幾分低い声で、

「あやつは嫁、つまりお前の母親をてごめにしようとした。斬って捨てようとしたが、嫁は刀が汚れるばかりです、と申すので因島から追放してやったのだ」それで親父殿の名前を聞いた時、あんなに狼狽えたのだ、カスミは納得した。

　その夜虎吉の館ではカスミの無事を祝い、盛大な宴が催された。それは仲間二人の鎮魂の意味も含まれていた。やがて、宴も酣《たけなわ》となり、一族郎党もすっかり酔いが回った頃、カスミの琴の演奏が披露された。一蔵は琴なるものには初めてお目にかかった。曲名など分かりはしないが、小豆島の寒霞渓に五日五晩籠るなどの修行の者でもある。いわば自然と気を一にし、自然の息吹を肌で感じ取り『逆袈裟懸殺法《ぎゃくけさがけさっぽう》』の剣を編み出した程の男なのである。初めて耳にする曲であったが、その物憂げで、かつまた凛とした、あるいは静かで変化に富んだ、もしくは朝日が昇り夕日がすたれていくような風景であったり、渦潮逆巻く怒涛のようでもあり、浜辺の夕凪であったり、カスミの技法は並大抵ではなし得ぬもののようであった。

　この時一蔵の胸に、カスミに対する特別な感情が芽生えつつあった。一蔵でなくても、少なくともここに集った若い男衆は皆、カスミのことを敬愛している様子であった。

　ひときわ激しく、そしてうら悲しい余韻を残して、カスミの琴の独奏は終わった。一同から大きな拍手を受け、立ち上がるカスミの細い姿は、淡色の蝋燭の中に、幻の絵のように浮かび、そして揺れた。それは夢であろう。一蔵はふとそんな思いに駆られた。宴は終わり、皆それぞれがめいめい家路を急いだ。

一蔵はカスミにひとつだけ聞きたいことがあった。今は手際よく後片付けなどしているカスミを掴まえて、

「いかにしてそれほどの技法を習得されたのか？」それに対するカスミの返答は、

「瀬戸内海の美しさゆえです。でも技術だけですわ。心が掴めません」

「と、いうのは？」

「奏するたびに一抹の不足感を禁じ得ません」

「それはそなたが貧しい民の心を、掴み得ていないせいではあるまいか？」

「自然の息吹を琴で表し、それを理解した者が、今度は不特定多数の人々に伝えていく、という道理は分かるのですが、私の琴にはそれがないように思えます」カスミはしおらしくもそう答えた。

「それは大自然の霊気に打たれるだけではなく、人々の中に身を投じる勇気を持つことを必要とするものではあるまいか？　なに、気を落とし召されるな。その日がきっと訪れよう。その日が来るまで夢として取っておかれるがよい」

「夢として……取っておく？」

「恐らくそなたの技法を、根底から覆すことになるやもしれぬ。その時まで待たれよ」カス

ミにとってこのひと言が、重大な意味ある言葉になろうとは、この時当の一蔵にすら分からぬことであった。

賓客としての部屋へ、暗い廊下を案内されると、一蔵は酔いも手伝ってすぐの高鼾であった。

この夜一蔵は不思議な夢を見た。というのは白馬に跨がった凛とした白装束の虚無僧が、墓地前を通り過ぎようとする一蔵の面前に、忽然と姿を現わした。白馬は両の前脚を跳ね上げ、そして嘶いた。この時虚無僧姿の若武者は、光り輝きながら、次のようなことを言った。「彼の地に私の碑を作るべし」そしてそれだけ言うと、若武者は天目駆けて上って行った。一蔵がふと墓地の方へ目をやると、どの墓石にも銀色の十字の彫り物が光っていた。さて不思議な夢を見たものよ、と目を擦りながら布団から這い出し外へ出ると、まさに太陽が水平線の彼方から、姿を現わしつつあった。一蔵は手を合わせ今日の無事を祈った。「さて彼の地とはいずこぞ?」奇妙な夢ながら、打ち捨てるのが惜しく、腕組みなどして思案していると、激しい気合いと共に、木を叩く甲高い女の声が茂みの向こうから聞き取れた。何事かと行ってみると、小袖袴姿のカスミが水平に吊した小木を木刀で叩いている。それは意外な事実であった。昨夜は着物姿の出で立ちをして、そそとして琴などを弾き、その後には自分には心がないと嘆いていた女が、かくも激しい武術に燃えている。本当に同一人物だろうか? 近付くと、カスミはそれに気付き、顔を赤らめ「おはようございます」と頭を下げた。そして何かを言おうとしたが、何故かカスミは口に手を当て、「間もなく朝食です」と言い、館の方へ歩いて行った。一蔵は「これほどとは？」と思った。カスミの後ろ姿に一部の隙もない。文武両道ってやつか？ ひとりごちながら部屋へ戻り、乱れた寝具類を手早く片付けていると、やがて膳が運ばれてきた。小袖袴のよく似合う出で立ちのカスミは、朝膳を一蔵の前へ置くと、丁寧に頭を下げた。この時一蔵は扇子で、カスミの頭を叩こうとした。だが、思った通り、カスミは身を捩《よじ》ってそれを避けた。見事なものだ、と一蔵が言うと、カスミは少しだけ微笑んだが、何も言わず、そのまま後方へ下がりながら、一礼をし、音がしないようにそっと部屋の襖を閉めて出て行った。

歌舞伎といえば、慶長八年（一六〇三）、出雲の巫女、阿国が創始したとされている。ここ因島でも、それには遠く及ばぬものの、歌舞伎劇なるものが、存在した。今日はその因島歌舞伎が催される日である。出し物は「のうぜんかずら」。

幕が開くと、舞台の中央に、いきなり一人の少女の寝姿が現われた。少女がのうぜんかずらの毒にあたり、眠り続けている、というのである。その傍らで少女の母親が悲嘆に暮れている。目を覚まさせるには、ヤマタの大蛇の棲む大湖の銀鯉の生き血がいるという。そこで村一番の笛の奏者が、しかもその笛の音は草木すら深い眠りにつかせる程の名手が名乗り出た。だが、この名手すら八つある大蛇の目全てを、眠りにつかせることは出来なかった。大蛇は最後の八つ目の目玉をぎらつかせながら、銀鯉を見張っている。最期の目玉を眠りに就かせるにはバテレンの生き血が要ると分かった。ここで笛の名手は思案に暮れる。バテレンとは何なのか？　そこへ一人の巫女がきて言うには、バテレンとは雲突く巨大な鬼であり、いつも真っ赤な血を飲んでいると言う。しかも手には雷を呼ぶ魔法の杖を持っていると言うのである。そのとてもこの世のものとは思われぬ鬼はずっと遠い海の彼方に棲んでいると言うのだ。それを聞いた笛の名手は火の鳥が作り出す紅雲に飛び乗った。十万億土を飛び行き着いたところは魔矢の地。そこでは毎年五穀豊穣を祈って、人間の心臓を刳り出し、神に生け贄を捧げるという神事が行われていた。笛の名手はその地に巨大な鳥の図を描くのと引き換えに、生け贄の心臓を貰い受けた。十万億土を一瞬にして引き返した笛の名手は、まず笛の音で大蛇を夢の世界へ追放し、一つだけ開いている八番目の目玉に、バテレンの生き血をたっぷり注いだ。すると、大蛇は全ての目玉を閉じ、高鼾をかいて眠ってしまった。

数時間後大蛇は眠っている隙に、己が見張る銀鯉を盗まれたのを知り、すっかり恥じ入って死んでしまった。

一方、村では巫女のために、旱魃《かんばつ》になったとする噂がまことしやかに囁かれ、その巫女を成敗すべしと笛の名手にその旨を陳情した。

巫女は三体の不動明王に囲まれ身を守っている。まずその不動明王を制しなければならない。不動明王は巫女に相まみうるには、三つの質問に答えることを強要した。

まずその一つであるが、「朝四足で、昼は二足歩行をし、夜には三つ足で歩くものは何か？」と質した。笛の名手は即座に「人間である」と答えた。人間は幼児期に四つんばいをし、成長すると二本足で歩き、年を取ると杖をついて歩くからだという訳である。不動明王は倒れた。

二体目の不動明王は激しく火炎を噴きながら、「お前を存立せしめ、希望を持たせるものは？」笛の名手は「自然だ」と答えた。不動明王は自分の噴き出す火炎で焼けてしまった。

三体目の不動明王は真っ赤な口を耳まで開き、目をかっと見開いて問うた。「人間を生かし、平安を与え、かつまた夢を抱かせるものは？」笛の名手は「愛だ」三体目の不動明王は霧となって消滅した。その瞬間、深紅の衣裳の巫女が、形相凄まじく、笛の名手を睨みつけていた。見開かれた目、口端から血を滴らせ、怪鳥が持つような鋭い爪で、笛の名手に掴みかかってきた。とっさに身を翻した笛の名手は、その心臓を真っ赤に焼けた刀で刺し貫いた。その瞬間であった。蒼い稲妻が周囲を蒼く照らしたと思いきや、滝のような雨が降ってきた。そこへ一陣の竜巻が起きたと同時に、あの大蛇が天を指して、轟々と吠えながら駆け昇って行った。

三日三晩雨は降り続けた。そして、四日目も止む気配はない。雨の中に身を曝し続けた笛の名手は高熱を出した。拭けども拭けども汗は布団を濡らした。

生命を助けられた少女はそんな笛の名手を、寝食忘れて看病した。「供養塔ののうぜんかずら」どうやら笛の名手の譫言のようである、と思え少女は席を立ち厠へ行こうとして何気なしに庭を見た。供養塔にのうぜんかずらが巻き付いている。なぜか『毒持つ花が許しを請うている』と思えた。少女が「ツタヤツタヤ可愛くな〜れ」と呪文を唱えると、それは優しく揺れ、少女に触れたが、以前のように気に触れたり、眠くなったりすることはなかった。それどころか触れた部分にあった、いつ出来たともしれない潰瘍が治ってしまっていたのである。『もしかしたら……』と少女は思った。少女はその魅惑的な花の幾つかを摘み取り、毒味をして笛の名手の口に注いだ。毒味をしたにもかかわらず少女は恐ろしさに震えた。少女の胸の鼓動は高まる。『私は生命の恩人を殺すつもりだろうか？　どうか効き目がありますように……。私の代わりにあの方を助けて』

半刻が過ぎた頃であろうか？　震えて待つ少女に、笛の名手は静かに目を開いた。少女の喜びはどんなであったろう？

その話はすぐに村中に知れ渡った。六日間降り続いた雨は上がり、太陽が海から顔を出すと、村中がのうぜんかずらの栽培に取りかかった。中畠、下畠と呼ばれる痩せた畠に橙色の霧がかかったように栄えたのうぜんかずら。笛の名手はもうすっかり病も癒え、互いの生命を助け合った二人は、ここにめでたく結ばれることになった。

「面白い歌舞伎であった」一蔵の言葉に「ほんに心に日が差したよう」と受け答えするカスミ。共に語り行く道は仄暗い。

「まだそれほど時は過ぎておらぬのに、いやに暗いなぁと思っておったら、そうじゃ今宵は月食であった」一蔵とカスミは空を見上げた。「ほんにそう。何か不吉な予感がして参ります」一蔵とカスミは急ぎ足で、畦の道を家へ向かった。と、その時である。急にバラバラと五、六人の男たちが行く手を遮った。そして、

「我らは松浦党の者」と名乗った。松浦党というのは対馬から北部九州辺りに展開している水軍連中である。

「その松浦党が我らに何の用ぞ?」一蔵は大声で怒鳴り、刀の柄に手をかけた。

「その女に用がある。渡せ!」

「私に用とは何ぞ?」カスミが一蔵を抑え、一歩前に踏み出した。

「我らとご同行願う」と乱暴に娘の衿を掴んだ。その途端一蔵の大刀が煌めき、その手を斬り落とした。黒血がその腕からほとばしり出た。男は絶叫しのけぞった。斬り落とされた手は、未練げにカスミの衿に残った。残党の刀が三分の二程残った月光に鈍く光る。鈍光は暗闇を切り裂きながら宙に舞う。双方からの鋭い叫び声と、刀と刀が火花を散らす。刀を振っていたカスミが突然うずくまった。「カスミ殿、大丈夫か?」一蔵はカスミに覆いかぶさりながら刀を振るう。そして、あわやのところで一蔵が二人目を斬った時である。「待て!」賊

の長と思しき男が残る二人を制した。「お主なかなかやるな。ここは一気打ちといたそう」暗がりの中で、男の目が獣のように光った。「望むところだ」一蔵はなぜか大刀を鞘に収め、小刀を抜いた。「何？　おのれなめやがって。容赦はしないぞ」男は大刀を大上段に振りかぶった。最後の光がその刀に宿ろうとした瞬間、男はそれを一蔵めがけて勢いよく振り下ろした。一蔵は小刀を跳ね上げられたが、一瞬男の体勢が崩れた。あわや……と思う間もなく、一蔵の大刀は男の体を逆袈裟懸けに斬り上げていた。その瞬間、闇は辺りを漆黒に塗り潰した。

「カスミ殿、大丈夫か？」一蔵はうずくまったカスミに駆け寄った。

「大丈夫さ、ひねっただけ」カスミは一蔵の腕にすがりながら「見せてもらったよ、今の剣」と言った。「いい月だね、お前さん」カスミは立ち上がりさま、よろけて一蔵の胸の中に倒れ込んだ。『お前さん』と言ったのか？」

「そうだよ、お前さん。また助けてもらったね。意気がるのとは逆に逆になってしまう。どうやら私はお前さんとは深い縁があるみたいだよ」

こうして一蔵はカスミと結ばれたのであった。月はこれを祝福するかのように、再び中空で煌々と輝き出した。

さて、一方。小豆島の幻蔵はカスミを送っていったまま帰ってこぬ一蔵の身を案じていたが、因島で出世したことを聞くに及んでは、我がことのように喜んだ。それからしばらくして一蔵から書状が届いた。そこには幻蔵に因島にきて一緒に暮らさないか、と認められていた。だが、幻蔵は一蔵のなした出世及び財は、一蔵自身の力であるから、それで良しとし、肉親で一人でも出世してくれれば、それで自分は十分満足であるとの書状を認めた。

因島では返書に目を通した一蔵が「兄者はすぐにそれだ。欲がないというか、諦めてしまっているのか、よく分からぬ」と茶をすすりながら言うと、傍で琴を弾いていたカスミは手を止めて、

「心がおありなんですよ。武士らしい心が……」

「そういえば小難しい説法など読んでおった。確か只管打座《しかんたざ》とかよく申しておった」

「座禅もやっていなさるのよね」

「うむ。ただ、座することそれが即ち悟りである、とか言っておった」

「そう言えば、あなたも寒霞渓にお籠りになっていたとか」

「わしの場合、座することによって、何らかの超越的なものを求めた。兄者の場合はそうではない。ただひたすら座することこそ悟りだと言っておった。それが本来あるべき姿なのかもしれないが、わしは神秘さを求めた。暗黒の中に座しておれば、闇がひしひしと体の中に染み込んでくる。風で木々が騒《ざわ》めけば、もののけが憑りついたかと大声を出したくなる。げんに大声を出しもした。逃げ出したくなる。一時も心を空には出来ない。恐怖と狂気の狭間

を行き交いしている。死ぬ方がずっと楽なような気がしてくる。その時わしは遮二無二刀を振り回す。疲れ果てて地べたに座り込む、この時の疲れのため、眠ってしまおうという気持ち、誰も見てなどいない、眠ってしまえという心が起こる。だが、それにより一生を棒に振るのか、わしはそれだけの人間でしかないのか、という思い。だがまた、あの恐ろしいもののけは刀で防御出来ると思うと、少しばかりの安堵が得られる。何が恐ろしいと言って、そいつの正体がどういう形をしているのか、分からないから恐ろしい。だが、そいつは刀を恐れる存在だと分かると、刀こそ全てであると思えるようになる。不思議なもので、遮二無二振り回していた刀に、ある一定の法則があることに気付いた。それが刀に魂が宿るということなのだ」

「あなたはそのようにして、剣の極意を学ばれました。女に何が出来ましょう。あなたはいつか琴に心が籠る日が来ると申されましたね。それはいつのことでしょう?」

「うむ。自分で考えてみるがよい。戦国の世であれば、いつ生命の終わりが来るやもしれぬ。危機に直面してこそ本物が生まれる。それを追い求めることこそ喜びとせねば」

「女とて戦わねばならぬと……」

「うむ。それこそ、生きる喜び。幸せの代償だ。その辺の厳しさを知り得たら、お主の腕もまた上達する、というもの」

「いつのことになりますやら」

「案外かもしれぬ」

「おやおや、本当のことでしょうか？」

「誰も知り得ぬことだし、誰も教えてなどくれぬ。お主にそれだけの徳があれば、いや徳を持つからこそ琴との出会いがあったのであるから、それは必ず実現する」

「嬉しいことに存じます。私の琴が皆の心に届けば、それに越したことはありませぬ」

カスミは再び茶碗にお茶を注ぎ、一蔵に勧めた。

第二章　鉄砲とは何ぞや

世はまさに戦国時代。世も人も激しく移り変わる。

天正四年（一五七六）、晩春の頃であった。因島村上第六代当主、村上虎吉は三百艘の提督と共に、七百艘の大輸送船団を率いて、雑賀衆と共に兵糧米十万石を、明応五年（一四九六）、蓮如が開創し、天文一年（一五三二）、孫証如が本山とした石山本願寺へ届けるべく、織田水軍と渡り合った。雑賀衆とは和歌山の紀ノ川一帯に起居し、農耕と共に水軍をも営み、本願寺の重要な戦力として活躍していたが、秀吉軍と太田城で渡り合い衰亡。主だった面々は磔にされた。しかし虎吉はそんな水軍と手を組み、弟の左衛門大夫祐康と共に、大坂木津川口に集結する織田水軍に対し、奇襲をかけたのである。

虎吉は淡路島の岩屋港で、水軍二百艘と七百艘の輸送船に青の顔料を塗り、百艘に朱色の顔料を施した。ために九百艘は海と同化し、朱色の船は海の上で火と燃えた。しかるに織田水軍は朱色の顔料を塗った軍船に目を奪われ、その頃手にしたばかりの鉄砲を朱色の軍船に集中砲火し、遂に矢も鉄砲も消耗してしまった。この機会を捉え、海の色に塗り姿をくらましていた村上水軍は、得意の火矢を敵船団めがけて、雨霰の如く射かけた。結果村上水軍は大勝利し、西軍総帥であった毛利輝元から大いなる褒美を貰った。そして、今日の宴の会になった訳であるが、誰かが「あのパンパンと鳴り、火を吐く鉄の棒は何だったのか?」と刀を肩に当てて問う者がいた。「おうおう、あれが鉄砲というやつよ。何でもポルトガルとかいう国の南蛮船が持ってきよったということだ」「そうかあれが鉄砲というやつか? 我が軍も何とかあれを手に入れられれば、天下無敵だのによ」「何でも堺というところでは、それがどんどん造られ、織田側が大枚をはたいて手に入れとるとか」「これからの戦法は大いに変わるぞ」笑顔で聞いていた虎吉は、その言葉に唇を真一文字に結んだ。「なぁに、鉄砲など玉を詰めるのに手間取るばかり。それより我らの火矢の方がずっとましぞ」と言う者もいた。「だが、その手間を取らせぬように改造したら、これ以上の武器はない。それに噂であるが、大砲というどでかい鉄砲も伝わってきたらしい」虎吉は眉を顰《ひそ》めた。一瞬座は白けた。「俺の隣にいた仲間が胸を撃たれた」誰かが言った。「突然倒れた。近寄って傷の具合を見たが、何の痕跡もなく、ただ血がどくどく流れていた」「のう、一蔵どん。その鉄砲とやらを手に入れてもらえまいか?」虎吉は隣席に座していた一蔵に言った。一蔵は戸惑った。『今日まで苦労して鍛えてきた剣の術が無駄になるのか?』と思いを巡らしていたからである。『鉄砲は狙いを付けて引き金を引くだけで、遠くから敵を殺傷出来る、というではないか？　剣はそうはいかぬ。三尺三寸より遠くにいては、相手を倒すことは出来ぬ。ましてや新参者に現を抜かし、剣の道を疎かにしていては、腕も鈍ってしまう。確かに遠くにいる敵を倒すには、矢というものもあるが、早さが違う。威力に欠けている。極端に言えば、女、子供にでも使えるのが鉄砲だ。だが、待てよ。それなら鉄砲と刀の両方を使えれば、鬼に金棒ではないか？』

「何とかいたそう」一蔵は膝をポンと叩いた。

世紀の大海戦は一蔵の兄、幻蔵の元にも聞こえていた。「やったな、一蔵。お前の出世ばかり望んでおったに、よくやった。夢は叶うものじゃな。諦めてはいかんもんじゃ」

「そんなこと言うたからかて、家はちっともようならん」そう言うトキの声も何だか明るく聞こえる。

「心配するな。一蔵の成功が何よりの福の兆し。これから良いことが起きる兆しじゃ」

「そうだと良いんですがね」

「お前は一体何を望んでおるのじゃ？」白湯を飲みながら幻蔵が言えば「人並みなものが……」とトキは言う。「人並みなものとは？　金か？　米か？　着物か？」「みんなですよ」

「何で女はこうも夢がないものかのー？」「あんたさんがそうしたんじゃがねー」「何、わしがお前に何をしたって？」「夢を奪って、厳しい現ばかり押し付けなさった」「わしを恨んでおるのか……？」「恨んでも仕方のないこと」トキには息子、清太郎のことがあるのである。勿論、幻蔵にとってもそれが何よりの気掛かりなことであることには変わりはない。

ある日小豆島の幻蔵の家を、懐かしい大声が訪ねた。大声の主は一蔵、その声を一番に耳にしたのはトキである。この時トキは赤子を抱えていた。この赤子は幻蔵の息子、清太郎と妻リツの子である。リツは幻蔵の遠い親戚に当たる家の娘で、器量良しで聞こえていた。そんな二人の間に出来たこの赤子はピーピーと泣いていたが、一蔵を見ると、ピタリ泣き止んだ。一蔵が厳つい面構えの帆立貝兜を、目の前に突き出したにもかかわらず赤子は恐がるどころか、それを掴みにきた。

「ほう、こいつはこの兜が恐おうないらしい。大した度胸じゃ」そして、「名は何と申す？」とふくよかな頬を突いた。赤子はトキにしがみつき「名は何と申すのじゃと、叔父上が聞いているぞ」とトキに諭されると、「タケイ　セイイチロウ」と可愛らしく答えた。

「そうか、それは良い名じゃ。良い子にしておれよ。今、良いものをやるから」一蔵は大きな麻袋をガサガサいわしていたが、大阿武船の模型を取り出した。「そら、こんな船見たことなかろう？　叔父さんが作った物じゃ……。おお、よしよし。それから黒砂糖もあるぞ。この方が良いかもしれんな」赤子は一蔵から黒砂糖を受け取ると、すぐに舐め始めた。「ハハハ……、子供は正直でいいな。ばぁさんにはこれじゃ」一蔵は麻袋の中から朱色の派手な絹の衣服を取り出した。それを見てトキは顔を赤らめ、似合うかのうと言いつつ礼を述べた。そして、椿油・鹿角菜・塩・牛皮・焼き物など次から次へと袋から出てくるもの数多。どれも目を見張るものばかり。「極めつけはこれじゃろう」一蔵は永楽通宝や洪武通宝、金や銀の入った巾着をドサリと、一蔵の声を聞きつけ、やってきた幻蔵の目の前に放り投げた。だが、どうしてか清太郎だけは姿を現わさなかった。

　幻蔵と一蔵は浜に出た。今は夕凪、大きな太陽が今まさに海の彼方に没しようとしている。山も渚も船も辺り一面が夕焼け色に染まる。鏡のような水面は黄金色に光っている。そして、今しがた漁から戻った漁師たちも、片時生業の憂いを忘れ、この夕日に手を合わせ、一日の無事を感謝し、それぞれが家路を辿る。水際に寄せては返す波の音も、あたかも子守歌のように。そしてまた、敬虔な祈りの歌のように、優美さ憂いを含んで、人々に豊かさと平穏をもたらすかのよう。

　幻蔵と一蔵の兄弟はそんな渚に腰を下ろし、過ぎ去ったことや、明日のことなどを話している。

「村上水軍も世に名を告げてから、おおよそ百四十年にもなるなぁ」幻蔵は静かに言った。

「ああ、安芸、備後には有力な守護大名もいなくて、無法者が跳梁跋扈《ちょうりょうばっこ》しており、物騒であったが、当時の備後の守護、山名時熙がその取締役として、村上水軍を取りなしてくれたそうな。まず遣明船などの警固役として、評価されておったらしい」

「それからどんどん内地の戦いにも参加していく訳だ」

「参加せざるを得なかった。遠くで鳥瞰しておればいいものを、いつしか漁民が釣り道具を捨てて、戦いに加担していった。一度手を染めれば二度とは引けぬ。足を洗おうとしても、相手が許してくれぬ。それが勝ち戦であれば、莫大な恩賞も転がり込んで来るだろうが、負け戦であれば、莫大な損をする。当たり前のことじゃが、金に執着するのはいつの世も同じじゃ」

「食い食わせるのが男の務めゆえ、やむを得ぬ」

「十分な食物があれば、戦いも随分減るだろうによ」

「小豆島においては、それすらままならぬ。それは因島も同じことじゃろう？」

「ああ、全く同じじゃ」

「幸い我々には海が与えられておる。大自然の懐で生死が出来る。人と人が戦い合って、殺し合うなどという血生臭いことは嫌いじゃ」

「兄者らしいな。何も憎いから殺し合うのではない。止むを得ず……。こちらが殺されるから、殺生しているに過ぎんのじゃ」

「ずっと前なら、わしも功名に走ったものじゃったが、今はこの瀬戸の静かな穏やかさに、生き甲斐を感じておる。もう年じゃな」

「それを言うなよ。兄者とわしはそんなに離れていないんじゃぞ」

「お主はわしより先へ先へと進んでいく方だから、他人と渡り合うのが性に合っているのじゃろう。だけれど道に塞がる相手が邪魔だから、といって斬り捨ててはいかん。生命まで奪ってはいかんぞ」一蔵は驚いた。幻蔵はまるで月食の晩の事件を、見ていたようなことを言うのである。因島でのあの月食の晩のことを。

「例え片腕なくさせたとしても、生命まで奪ってはいかん。例え相手が悪人であっても、生命まで奪っては罰が当たる。大自然が召し抱えに来るまで、死んではいかん。殺してもいかん」

「そもそも刀がいかんのじゃ」一蔵は武士らしくないことを言った。

「お主は少し捨て鉢になっているようだが、刀は生命を守るための手段じゃから必要じゃ。ましてこのご時勢が刀を呼んでおる」

「ご時勢がこうだから必要、と言うのはおかしい」

「いやいや、人の世が発達していく段階では、それは必要なことになっておる。現時点では必要なのじゃ。いつかいらなくなる日が来るじゃろう。それまでは大切に守っておけ。だが、あくまで自分に危害が及ぶ時だけ刀を抜け。大自然が迎えに来る日まで、その人間の生命は残しておいてやれ」

もう周囲はすっかり夕闇に包まれていた。二人はどちらからともなく、立ち上がり家路を辿った。

帰るといい匂いが食欲をかきたてる。トキの用意した夕卓につくと「さぁ、今日は久しぶりに心ゆくまで飲もうぞ」幻蔵は少年のように顔を赤らめた。夕食が進む中、一蔵は言いにくそうに、鉄砲のことを話し始めた。そして、「商売だと割り切ってくれ」と付言した。殺傷力では刀の数倍上をいく鉄砲の調達を義父、虎吉に頼まれ、恐る恐るの弁であった。

「どうにかして鉄砲、百挺、手に入らぬじゃろうか？」

「わしが血生臭いことは嫌いだ、と言ったはずだが」

「そこを何とか頼むよ」

「百両、いや千両積まれたって、引き受ける訳にはいかねえ」

「兄者は殺生が人一倍嫌いだってこと、知っているよ。だが、身を守るためには、降りかかる火の粉は払わにゃならんもの。仲間がやられているのを、見て見ぬふりは出来ねぇ。それに鉄砲の値打ちは、大きな音と、殺傷力が強いということだ。だから持っているだけで効力があるもの。一発撃ちゃあ十人も殺したような錯覚を与えよる。ということは九人の体は無傷だってことよ」

「だが、殺し合いをすることに変りはあるめー」

「鉄砲で脅すんじゃよ」

「剣術使いが刀を捨てるのか？」

「そういう時代の趨勢《すうせい》なんじゃよ」

「刀と鉄砲を持てば、鬼に金棒なんじゃよ」

「異人が持ち込んだ武器で、この国を支配するのか？」

「それは違うよ、兄者。鉄砲は大儀の前の一手段だよ。人の心の欲を打っ飛ばすだけよ。人を治めるのは、やはり古来の武士道に変りはない。分かってくれ。商売だと割り切ってくれ」

「そこまで言うんじゃったら、リツの親父に頼んでみるがよい。奴は商いをしているから力になってくれるじゃろう。じゃが噂によると、織田信長が鉄砲を買い占めているらしいから、どのような方法で持ち帰るか、容易ではないぞ」

「反物の中に紛れ込ませる他に手はあるだろうか？　例えば、反物と同じ色に顔料を塗るとか？　鉄砲と同色の反物で梱包するとか……？」

「うむ。鉄屑と一緒に分解して運ぶか……？」

「管理人に金を積んで見逃してもらうとか……？」

――色々と案は出たのであるが、実際には織田軍の縁故者であることを装い、因島まで持ち込んだという。そこは商売人たちも心得たものであった。

すっかりいい気持ちになった一蔵は
「ところで、清太郎はどうした？　帰っておるんじゃろ？」

清太郎というのは幻蔵の一粒種で、仕官を目指して、内地の方へ旅立っていた。その時すでにリツの中には、清一郎が宿っていた。それが、一蔵が因島生活を送っている間に、ひょっこり帰ってきていたのであった。「清太郎は竜宮城生活が長かったので、変わってしまったのか？」挨拶ぐらいこい、という一蔵の冗談であった。が、「あの子はもののけつきになった」トキは急に声を落とし、「内地から乞食のようにして、帰ってきたが、それ以来一歩も外に出ようとせず、何かに怯えたように、ボロ布に包まっとる」とトキは言った。「もののけつきとは何じゃ？」一蔵は酔いが回り、少ししつこくなっている自分を感じはしたが、よろけながら物置のような二階への階段を上り始めた。

「危ない、危ない」トキが後から一蔵を支えた。

「清太郎、どうしたんじゃ」

清太郎は部屋の片隅でぐったりしていた。一蔵はこれが人間であろうか？　落ちくぼんだ目、髪はぼうぼう、濃い髭は伸びるに任せ、意味もなく右手の親指と人差し指を、くっつけたり離したりし、時にはそれを眺めつつ、気味の悪い笑みを浮かべ、一蔵の顔を眺めるとなく見つめ、そして、ニヤリと笑いながら、空間に目を漂わせ、布団を身近に寄せ、それに顔を擦りつけている。

「何日も熟睡できんらしい」トキは痩せ細った老人のような我が子を、哀れみの情で見た。

「少し酒を飲んだらどうじゃ？　酒の酔いで眠れるかもしれん」

「本人もそうしているようじゃが、恐ろしい夢を見るのじゃて。弾かれたように飛び起き、大声を出す。覚めてる時は恐ろしい夢のことを思い、恐ろしい夢を見るから眠られん」

「どういうこったぁ？」

「今思えばあん子もそれは他人に知られてはならぬと心底から思っとったのじゃろ。こうなるちょっと前、聞いたのじゃが、幼少の頃、眠ろうとすると、ガサガサの太陽とスベスベの太陽が頭に浮かんできて、それが恐ろしくて、恐ろしくて、眠れぬ夜が時たまあったらしい」

「ガサガサの太陽とスベスベの太陽？」

「それに子供の頃、新しい下駄を買い与えてやった時、それは大事にして、それが寸分ゆがんでいないかどうかにこだわってしまい、何回も手直しして、あん人がもうゆがんでなどないと言うまで、その場を離れられなかったと……」

「なんじゃそれは？」

「分からん。そんな昔の性癖が今頃姿を変えて、出てきたのかもしれん。仕事をするでもなく、子をあやすでもなく、一日中腑抜けたようにしていたり、突然泣き出したり、大声で笑ってみたり、ある時はなんか呪文のようなものを唱えている時もある」

叔父の一蔵は清太郎に近付いた。だがこの時の清太郎は何の反応も示さなかった。ただその顔には拒絶があるのみであった。

「狐に取り憑かれたのじゃろうか？　一度お祓いをしてみてはどうじゃ？」

「それもやってみた。巫女さんは狐が取り憑いていると言うて、青竹で百回叩いてはみたが、こん子はますます悪くなった。何の功徳もなかったよ」トキはうなだれた。

「大体この種の病は、何かにこだわりすぎて起きるものじゃ。一つのことが忘れられず、大事に思い過ぎてしまい、それを失うことは全てを失うことに通じると考え過ぎてしまう。他人から見れば大したことでもないことを、くよくよと後向きに考え、あるいは小さなことを大きく考えてしまい、それに己れが縛られてしまい、考えの中に埋没してしまう。丁度沼にはまりこんでしまうようで、もがけばもがくほど、沈んでいく錯覚を覚え、恐怖感は募り、眠ることも出来ん。そして、苛々が募ると、その解決方法は死ぬしかない……と」

「どうすれば良いのじゃ」トキは震えだした。

「分からん。(トキの耳元で)病気は体の病で死ぬが、魂の病も恐いぞ」

「何？　死んでしまうこともあるのかい？」

「当たり前じゃ」

「こっちにおる時は、とても人当たりの良い人間で通っておったが、あっちへ行ったばかりに……こんなことに」

「体は頑丈でも心は病んでおる。(さらに小声で)お袋も大変だが、こいつが死んでしまわんように、見守ってやるのが仕事になるぞ。いいか……」

一蔵はトキを脅すような言い方しか出来ないのが、辛かった。

一蔵とトキは階下へ下りた。

小豆島の幻蔵の家に別れを告げ、因島へ戻って何年かは瞬く間に過ぎ去った。そんなある日、カスミがにわかに産気づいた。久しぶりの太公望から帰ると、虎吉はカスミが危険な状態であるから、「お主も行ってやれ」と言う。男勝りの剣術使いも、華奢でか細い体、その苦しみようは目も当てられないほどと言う。この頃の常識では出産は不浄という考えが主であった。従ってカスミの出産も人目を憚って、館の一番奥の部屋で行なわれていた。

一番奥の部屋では、義母と二人の女がこの大事を預かっていた。お湯を沸かしたり、産着の用意をしたり、甲斐甲斐しく動き回っている。女が経験する創造の苦痛の重大事。一蔵はカスミが両手両足を、四本の柱に白縄で痛く束縛されているのが、いたたまれなかった。早くあの白縄の呪縛から解放してやらねば。一蔵は刀を抜いてその白縄を断ち切らねばと真剣に思った。安産を祈るゆえの白縄、ゆえにそれは一蔵に待ったをかけた。ああ！　だが、あの黒髪の乱れよう。一部は汗で首にまで巻き付き、カスミを束縛している。

「声を出しなさい。こんな時、全てを明らかにせずして、何の人間ぞ。堪える必要はない。全てを、憎悪も悲しみも澱も、全部出してしまいなさい」これは決して表沙汰には出来ない言葉であったが、義母は必死の形相をして、そう叫んだ。子孫を残すため万物は苦しい闘いを繰り返してきた。生命の創造。とりわけ、それは女だけに託された、崇高な闘いなのである。

「頑張れ、頑張れ。あんたの苦しみは私たちも分かるよ。だけど替わってあげられない。それはあんたの価値。生きている証だから、誰も替わってあげられない。どうか分かって……」

「頑張れ、頑張れ」付き添いの女も自分のことのように、懸命にカスミを励まし、顔から額から噴き出す汗を拭ったり、手足を摩ったりしている。

一蔵は何もしてやれない自分の無力さを感じ、突っ立ってぼんやりしている。義母はそれを慮って「一蔵さん、すまんが、湯を人肌よりちょっと温めにうすめておくれ」と促した。一蔵は少し救われた気持ちで、桶の湯に水を注いだ。義母はそれに手を浸して、初めにしてはうまいもんだ、と微笑んだ。だが、その顔は見る見るうちに青ざめていった。逆子。心臓がどきりとした。まさか？　大丈夫だろうか？　赤子を無事に取り上げることが、自分に出来るだろうか？　義母は全く未経験の難題に取り組むことになった。苦しんで生まれた子は長生きする、きっとそうだ。義母は自分を慰めるためにそう思って、母娘共々の苦しい闘いに当たったた。これは大変、出血した。義母は頭の中が混乱して倒れそうになった。南無……。南無……。義母と付き添いの女は唱え出した。それしかなかった。どうにもならない。諦めたように義母は一蔵を見た。一蔵はこの世で自分に降りかかった大難で解決出来ないものはない、そういう信念の目で、義母を見た。「母上しっかりなさい。大丈夫だから、きっとうまくいきます。希望を捨ててはいけない。最後の最後まで、気を強く持って……」義母はそのひと言――希望を捨ててはいけない――にすがりついた。気の遠くなるような思いの中、義母はカスミの耳元で、子守歌を歌いだした。遠い遠い昔、思い出すこともなくなった子守歌が、不意に母の唇からこぼれ出た。母と娘とそのいずれにも共通する懐かしい子守歌。忘れようにも忘れられない母と娘の幸せだった頃の歌。カスミは小刻みに震える手で母の唇をなぞった。その時である。おお！　という何とも表現し難い感嘆の声が起きた。丸々した男児が産声を上げたのである。だが、華奢なカスミにとって、その衝撃はあまりにも大きすぎた。致命的な大出血が起こったのだ。死の床で喘ぎながらカスミは一蔵を見た。一蔵にはカスミの思いが、すぐに分かった。一蔵は目を涙でいっぱいにしながら頷くと、部屋を飛び出し、カスミの部屋へ駆け込み、琴を掴むと急ぎカスミの元へ駆け戻った。それを見てカスミは微笑んだ。そして、今は一段と細く長くなった中指で、一本の弦を弾いた。この時一蔵はカスミがまさにその域に達したことを悟った。カスミは微笑み、一蔵の目を見た。カスミにもそれが分かったのだ。そして、それが最期であった。壮烈な闘いであった。

もはやカスミの琴を聴くことは出来ない。『琴の技法』を覆すことになるやもしれぬ」と言った一蔵はこういう悲惨な形でしか実現出来なかったことが呪わしかった。一蔵は館の外へ飛び出すと、目茶苦茶に大刀を振り回した。怒れば怒るほど、無念さは募る。おびただしい数の松の枝が一面に散らばった。一蔵は疲労のため肩で息をし、それでもその愚かな行為に我を忘れた。終いにはその場に座り込み、大刀を放り出した。そして、その大刀の輝きに、ふと『わしもカスミの元へ……』魔の誘惑にとらわれた。一蔵は泣いた。声を上げて泣いた。そして、思った。『カスミは死んだのではない。生まれ変わったのだ。赤子の中にカスミは生きている』だが、それを認識するためには、膨大な時間が必要だろうとも思った。一蔵は部屋へ駆け戻った。旅立ったカスミの骸は、意外にも安らかであった。ただ微笑みながら目をつぶっているだけ、今にも目を開け、一蔵に抱きつかんばかりの様子を呈している。

「苦しかっただろう、カスミ。だがもう大丈夫だ。何の苦しみもなく、何の心配もすることもない。安らかに眠れ。お前は赤子の中に生きている。わしは赤子を見るたびに、お前のことを思い出すことも出来る。だが、本当はお前と赤子と三人で泣き笑い出来る、幸せな暮らしがしたかった。さらばカスミ。赤子のことは心配するな。安らかに眠れ」。一蔵はカスミの死と共に、ハラリと落ちた深紅のうぜんかずらを死に化粧で美しく、安らかに眠るカスミの髪に飾ってやった。涙はとめどなく流れた。

傍らでは、何も知らない赤子が、静かに眠っていた。

天正十年（一五八二）。本能寺で織田信長が死んで、大坂では羽柴秀吉の力が頂点に達しようとしていた。天正十六年（一五八八）鉄砲百丁を保持した虎吉は、秀吉が発布した「賊船停止令」により、海上での行動を阻まれることとなった。

因島では大騒ぎになり、すぐに主だった面々が、虎吉の館に呼び集められた。いや、自ら寄り集まった。「嘘だろう。親方は自分が高齢になったため、それを良いことに、隠居したいのだ」という者。「財宝を独り占めにしたいのだ」と言う者。「余所者（ここでは無論一蔵のこと）に騙されたのだ」と言う者。中には「秀吉と戦おう」と言う者まで出てきて、館内は上に下への大騒ぎになった。

「皆の気持ちはよく分かる。わしも毛利の殿様（毛利輝元）に伺いを立てておるのだが、先方は動こうとせぬ」

「秀吉は何をもって、海賊の殲滅《せんめつ》を狙っておるのか？　我々が不当なことをしたとでも申すのであろうか？」

「村上一族に限って、不当などしてはいない。ただ一部の賊が明や朝鮮を荒らし回っているということは耳にするが、我らには関係のないことだ。それに秀吉は刀狩りと称して、刀や銃を召し上げるという噂もある。しかも士農工商と称する身分制度を設け、世の中を縛りつけようとの動きもあるそうだ」

「その場合、我らは武士であろうか？　商人であろうか……？　そのいずれでもないとしたら……」

「ただの盗賊だ」誰かが言った。「いや武士だ」と言う者もいた。

「しかるに秀吉はそこまで厳格に規定しようとしている。ただの水呑み百姓の出でありながら今では太閤様だ。何がそうさせた？」

「時流に乗っただけだよ。運が良かっただけだ。何でも織田信長の草履を懐で暖めて、しかる後に信長に渡したというではないか？」

「臭い芝居だ。奴は役者だ」

「役者では山城を一日で建てることなど出来ぬ。なかなかの知恵者かもしれん」

「親方の機嫌を取るのがうまかっただけであろう。そして、時期を見て裏切る。恩を仇で返すのだ。それが今世の本当の姿だ」

「我々の生活はどうなる?」

「年貢はどうやって納めるのだ? この痩地では米も取れぬが、免除してくれるとでも言うのか?」

「妻子はどうなる?」

人々は口々に自分の思いをぶちまけた。

「静まられよ」一蔵は一喝した。

「ここに鉄砲百丁がある。新品だ」虎吉は言った。そして続けた。「我が財産はこの鉄砲百丁と五万六千石の領地である。鉄砲は皆衆に一丁ずつ、また、所領は公平に皆衆の頭数で割って与えたい」だが、「近々刀狩りが発布される、と言うに、鉄砲など何するものぞ」と言う声が起き、一同はざわついた。「何とか毛利の殿様を立てて、秀吉を討つべし」という強硬論も再び飛び出した。

結局鉄砲を受け取る者は少なく、受け取った者もお守りや、お飾りにするとか、あるいは安価な値で売り払おうとした。中には分解して漁具の一部にする者もいた。一族の去就は混沌としていた。

そんな中、虎吉は再三にわたって輝元の元を訪れた。そして、ついに輝元から秀吉の中国地方攻略の対抗上、因島村上をその臣下に置くとの約束を取り付けた。

それには勿論、一蔵の大きな働きがあった。彼は逆袈裟懸殺法《ぎゃくけさがけさっぽう》の創始者であり、しかもこの頃には一蔵は村上一族の指南役でもあった。

ある日輝元の御前で、剣術の試合が行われた。勝ち抜き戦でついに最後まで残ったのが、輝元側の梶原軍兵衛、村上方の一蔵である。寒風吹き荒ぶ厳寒の朝である。陣幕は木枯らしでハタハタとはためいていた。

二人の闘いが今まさに始まろうとした時、一蔵は相手に待ったをかけた。軍兵衛はニヤリとした。一蔵が自分を恐れていると読んだからである。だが、違った。一蔵はこの時、手拭を用意させた。そして、それで両の目を固く縛ったのである。この時さらに一蔵は軍兵衛には真剣を握らせた。木刀や竹光であると、かえって勘が鈍るからと言う。完全に見くびられた形の軍兵衛はカンカンに怒った。やがて相対する二人の間にピーンと張り詰めた緊張感が走る。ヒューヒューと鳴っていた木枯らしも今はピタッと鳴りをひそめ、辺りは静寂に包まれた。状況はまさに深夜のようであった。一蔵の脳裏に寒霞渓の闇夜が訪れた。闇が辺りを支配する。ただ一本の太刀に全てを凝集する。見物の武士たちも固唾をのんでその成り行きを見守った。一蔵は下段に、相手方は当然上段に構えを取った。「容赦はせぬ！」軍兵衛は吠えた。そして気合いもろとも打ち込んできた。この時である。軍兵衛の真剣が閃めいた瞬間、一蔵は僅かに体をかわし、それを避けていた。軍兵衛の真剣は空を切った。軍兵衛、もうこれで止せば良かった。「されば、今一度と」向かってきたため、一蔵は手拭を外し、大刀（竹光）を収め、小刀（竹光）を抜いて立ち合った。なめられたと思い怒り心頭に達した軍兵衛は、遮二無二打ち込んでくる。今度は誰もが間違いなく一蔵を切ったと見えた。だが、倒れたのは当の軍兵衛であった。一蔵の前には小刀（勿論竹光であるが）転がり、一蔵の手にしているのは竹光の大刀であった。勝負あり、であった。種を明かせば、軍兵衛が小刀を撥ね上げた、その瞬間、一蔵は大刀を抜き、逆袈裟懸けに軍兵衛を切り上げたのであった。そうした行為があまりに早かったため、人々には見えなかった。周囲からため息混じりの、感嘆の声が沸き起こった。これには輝元も度胆を抜かれ、思わず立ち上がった。そして、固く一蔵の手を握ったのである。「軍兵衛の剣を避けたはいかがした寸法ぞ？　しかも目隠しまでして？」と上気した顔で訊いた。「分かりませぬ。ただ邪念を捨て、無念夢想。明鏡止水」「うむ、そうか。して軍兵衛倒れたるはいかにして？」「心の鏡でござる」「心の鏡？　なるほどのう。剣の道は奥深いものよのう」そしてホッとため息をつくと「そなたのような剣術使いがおれば、わしも安心して枕を高くして眠れる。どうじゃ、わしの守り神になってはくれまいか？」

居合わせた虎吉も、一蔵の力を見せつけられる形となった。こうして因島村上は輝元の臣下に加わることになった。

だが、その後の一蔵の生活はカスミがいないせいもあって、あまり芳しくない。彼を余所者とする者や、嫉む輩も少なくなく、一蔵は毒殺されたのである。剛剣使いの一蔵を倒すにはその方法しかなかったのである。慶長元年（一五九六）七月二十九日のことである。一説には一蔵は自らそれを願っていたとする者もあるが、定かではない。

その後、因島村上を含む毛利軍は幟《のぼり》を立てたものの、しばしば秀吉の軍に敗れ、終いには秀吉の配下になってしまう。そして、慶長五年（一六〇〇）、因島村上一族に決定的な事態が訪れる。

それは虎吉が弟、内匠頭《たくみのかみ》吉忠と能島村上当主、掃部頭《かもんのかみ》元忠と協力して、東軍加藤嘉明の留守中の居城松前城を襲ったのであるが、嘉明の家臣佃十成《つくだかずなり》の術中にはまってしまったのである。

何と十成は、土間はもちろん松前城の柱、あるいは壁などにことごとく土で塗り固めて、待機していた。このため虎吉得意の火矢戦法はまるっきし歯が立たなかった。では銃はどうか？　当然村上軍の銃は唸りを上げて、敵城に飛んでいった。だが、土で塗り固められたものは城ばかりではなかった。人も馬も分厚い泥の鎧を着ていた。中には等身大の泥人形もあった。そして、泥鎧を付けていない一部の兵は、それを楯にして鉄砲を避けては、なだれ込んで来る村上軍を蹂躙《じゅうりん》した。この戦いで大将虎吉以下、村上軍は壊滅的打撃を受けた。九月十八日のことである。

ところで毛利輝元は西軍の総帥でありながら、関ヶ原合戦に参加した、との記録をつけていなかった。それが仇となり、罪を問われ百二十万石から三十六万九千石に削封されてしまった。そして、その家臣である虎吉も罪を問われ、長門へ移された。長門へは一蔵とカスミの忘れ形見の元満も伴われたが、二人は快快《おうおう》として楽しまず、因島へ引き返した。そして、虎吉は因島村上の統率者として、この地で死を迎えることとなった。骸は中庄の金蓮寺に葬られたとされている。一方、元満は父一蔵の故郷小豆島へと、父の遺骨と共に帰ることとなった。

小豆島では、一蔵の兄幻蔵は一蔵の遺骨より、その初めて見る忘れ形見が帰郷したことを大いに喜んだ。元満が可愛いのは、幻蔵が一蔵をそれだけ愛していたからこそであった。ひと通りの挨拶の後、元満は「父一蔵は村上家のために、尽力されました」とまで言ったが(毒殺)彼はそれを告げるのは躊躇した。「父は武士として、立派な最後を遂げられました」元満が言うと、年老いた幻蔵は皺がれたその両手を合わせ、目を閉じた。そばにいたトキも合掌し涙をこぼした。

「父は人間的にも優れた人で、誰からも好かれておりました。だが、こうした人物を亡き者にしようと企てる輩はどこにでもおりまして、父はそれもこれものみ込んだのです」

「何故に？」

「調べてみますに……毒を……盛られたようです」

「毒を？」

「奴らは毒でしか父を消すことができなかった。父に勝る者はいなかった。だから卑劣にも毒を使うしかなかったのでしょう」元満は拳で両の目を擦った。そして、涙ながらに続けた。

「父は……立派な最期を遂げられた……、と申しますのは下手人を探すな……と。下手人を巡って一族が乱れてしまうからだ、と申し残したからであります」

「なるほど一蔵らしい。下手人は身内におるに違いない」幻蔵も涙を拭いながらため息をついた。

「父は……当地(因島)においては、余所者でありましたが、村上家を第一……に考えておりました。海に生きる……男たちを深く愛……しておりました」

「そんな男を一体誰が手にかけにゃならん？」幻蔵は可哀相にを、繰り返しながらまた涙を拭いた。

「合戦で。陣を張っていた時、白湯の中に混じっていたものと思われます」

「嫉妬は人名などないに等しくするもの。その男、今頃天罰が下っておろう」

この時階上で大きな物音がした。続いて「天罰じゃあ」と叫声が起きた。「ハハハ……天罰覿面じゃ。父上の行いが悪いせいじゃ。わしに天が罰を与えよる。ウウウ……(泣き声のようである）わしだけが何故こんなに苦しまねばならぬ？」これを聞いて幻蔵の妻トキは二階へ駈け上った。「もう駄目じゃな。もうよくならん。リツにも考えてもらわにゃ」トキに「な、リツに考えてもらおう。気の毒じゃあ」するとトキは「もうリツも考えておろうだに。あの女は賢い女だもの」階段を下りてくる途中でトキは言った。突然話が途切れて面食らってい る元満に、幻蔵は「可哀相にあんこは今地獄にいる」と、清太郎のことについて、こと細かに元満に説明をした。

「死んだ方が楽かもしれん」幻蔵は苦悩に満ちた声で、そう言った。独り言のようにそう呟いた。

「ですが、どうあれ、生きていく道を選ぶべきです」

「そう言うが、本人は地獄の中にいる」

「もっともっと、眠るべきです」

「あいつにとっては眠るも起きているも同じじゃ、と思えるんじゃが……。起きていれば、妄想に襲われ、寝ては悪夢にうなされおる。なぁトキよ……」

「だけど、元満さんが言われるように、清太郎に生きておいてもらわにゃ……。一蔵どんも言っておった。清太郎が死なんように見張っておくように、と。それは一蔵どんの遺言になってしもうた。だけに、それを守らにゃ。それに一蔵どんがあの世で、見守ってくれてるような気もする」

「そうですとも。父が守ってくれますって」と、元満。

「あれは赤子と同じじゃ」

「ああ、お前は母親じゃやけに。そんな子が可愛いか?」一蔵は妬けたように言った。

「聞いてください。元満さん、女親は子のためには馬鹿にもなれます、死ねと言われれば死にもします」

「母親とはそういうものなんですか? 私は母親の愛情というものを知りません。母は私を生んで間もなく死んだ、と聞かされております」

「え?」そんな大事な話を今頃、とトキは思った。元満は素直に謝りながら、茶椀を持ち上げた。そして「母は琴の一線を鳴らすため、お前を生んだ、父はそう言っておりました」「えっ!」二人とも、息をのんだ。『可愛い子供の顔を見るためにではないのか?』と思えたからである。元満は続けた。「その一つの音こそ、全体にとっては欠かすことの出来ない大元だと言うんです。何か一つ一つに全体が籠っていて、また全体は一つの音を予感させることによって、それで初めて心の籠った、一つの音が紡ぎだせると言うんです。母はきっと自然と同化しつつある自分を見たのだと思います」

「それで、元満さんは淋しくないですか? いえ、何ね、母上は元満さんを愛しておいでであったのか?」

「え?」元満は目を白黒させた。母の死にゆく間際……母親は琴のことしか頭になかったのか？　それでこの子は淋しそうな目をしているし、まだ若いのに、吃驚するようなことを言うのだ、幻蔵とトキにはそう思えた。

　ぼーっとしている二人に元満は「お分かりになりますか？」と心配そうに聞いた。

「うんうん、何となく分かるような気がします。それにしても父、母が亡くなったとなると、元満さんは身寄りがないいんじゃやね」取って付けたようにしか話せないトキに元満は
「今では誰もおりません」と答えた。

「そうですか。それならここで、落ち着くまでゆっくりなされたらいいですよ。汚いところじゃが。なぁ、お前さん」

「そうじゃとも、何も気を遣うことはない」

「いえ、いえ、決して面倒はかけません。住まいさえ、ええ、雨露しのげたらそれでよいのです。そんなところが見つかれば明日にでも、おいとまします」

「そう急がずともよい。汚いところじゃが、自由に使いなさい」

　この時二階でまたしても大きな音がした。幻蔵は二階に目を遣りながら、思い出したように「それにしてもお前、わしらが死んだら、誰が清太郎の面倒をみるんだ？」

「そりぁあ、嫁のリツだに」

「お前は、リツは他のことを考えておろうと言ったではないか。それはリツが清太郎と別れることを意味しておるんじゃろう？」

「リツは清一郎と清太郎の二人の子持ちになるんじゃ。そうして誰か良い人を探し、二人で清太郎の面倒をみればいい」

「そんなこと出来るか、阿呆め」

「死んではいかん、殺してはいかんと考えたらその道しか残りゃーしませんよ。それにリツは器量良しで、気立ても良いから、どれだけでも結婚相手は見つかりよる」その時玄関の破れ戸が、音を立てて開き、ただ今戻りました、と言うリツの声。噂をすれば影である。魚の行商《あきない》に出掛けていたリツが戻ってきたのである。

「おお、リツか？　良いところへ帰ってきた」年のせいで涙腺が緩いのか、目に涙をためながら「紹介しとこ、この方は一蔵の倅、元満だ」

「さようにございますか？　お初にお目にかかります。リツと申します」

「どうだ、元満はわしによく似ておろう」そう言いながら、幻蔵は左手で顎を撫でた。「ほんまによく似ていらっしゃる。特に目元がよく似ていらっしゃる。血は争えぬものですわ。どうぞ、ごゆっくりして行ってくださいい。今熱い茶をお持ちします」リツはそう言って、竃《くど》の方へ下りていった。

「ところで、わしは村上水軍の大の助っ人だが、先の合戦で大きな被害をこうむり、ちりじりになったと聞き及んでいるが、その後どうなったのかの？」

「各々がてんでばらばらです。刀も槍も弓も召し上げられ、みんな鍬を持つことになりました。鎌もご法度です」

「おうおう、あの島（因島）では作物とて、あまり取れまいに。土地が痩せておるゆえ」

「よくご存じですね。あすこは中畠、下畠と痩せた畠で、夏場はたまねぎやじゃがいも、冬は麦畑を生業にせざるを得ません。それを米に換えて、年貢を納めなければなりません。皆キュウキュウ言っております。日頃口にするものと言えば、粟に稗です」

「釣具は揃っているのか？」

「島の人々は水軍時に、手に入れた釣り針やよまを分け合って使っております。針の一本一本が命綱で、よく揉め事が起きます」

「金を積んでもないものは買えぬものなぁ」

「確かに人間の心と、ないものは買えはしません。しかし、こういうおぞましい例もあります。というのは百姓の中には、自分の娘を売ったり、子供を間引きして生計を維持する者が後を断ちません。人間の心身が売買されているんです」

「だけど、それは違うぞ。元満。そこにはいつも別れの涙がある。心ならずもそうせざるを得ん、という非情さが付きまとっている。真の意味では人間を体と心に分けることは相ならんのだ。恐いのはそれに慣れてしまい、心が麻痺してしまうことだ。人間の心は変幻自在。いどうにでも変化する。それこそ石にもなれば、炎にだってなる。仏を彫る心持ちにもなり、いとも簡単に壊してしまう心にだってなれる。だから、人間というやつは恐くて厄介なんじゃ」

「ですが、我々は大自然により生かされています。板子一枚海の上では、いつ嵐が起きるやもしれないし、一旦起きたらもう大自然のなすがまま。人間の恐さ、厄介さなどたかがしれています」

「人間を人間と思わぬ心が悲劇を産む。そういう思いにさせるのもやはり人間だ」

「それを思い出させてくれるのが自然でしょう。我々はこの美しい瀬戸内海と切り離しては、もはや存在することはかないませぬ」

「元満はまだ若い。考えが固まっておらぬゆえ、そう申されるのであろう」

「伯父上は色々と経験豊富な方だから、神仏とて人間が考え出したものと思うておられるのですね」

「その通り。神仏は人間の考え出したものよ」

「だからここには仏壇がないのですか」

「必要なしじゃ」

「だが、何か心の支えも必要ではありませんか？」

「心の支え？　ついぞ考えたことはない」幻蔵は答えたが、清太郎の絶叫が脳裏をかすめた。

『〈父上の行いが悪いためじゃ〉清太郎は我が武井家の血筋そのもの。清太郎こそわしの心の支えではないか？　清太郎が生きておる間、わしはあいつを守っていかなければならぬ。それが心の支えか？　だが、なぜ狂人がわしの心の支えになろう？　わしが人生の荒波をどうやって乗り越えていくのか？　いやいや清太郎にこれから先、どうやって生きていけばよいのかを指し示してやらねばならぬ。世間では人間誰しも自分の道は自分で切り開いていくもの。だが、清太郎はそれが出来ない。箸の持ち方から、用足しまで毎日毎日手伝ってやらねばならぬ。その重みに耐えてゆくことこそ、自分に与えられた試練』そんな気もするのだ。『苦しい試練を乗り越えてゆく達成感、その中に生きていくのも、心の支えとなるのではないか？　甘美な誘惑に打ち勝つだけの精神力が要求されるであろうが、孫の清一郎の他にだっ子を一人余分に面倒みなければならぬと思えばいい。この病は不治のものではない。周囲の環境さえ整えば、きっと快癒する。その期待感を前向きに捉えてゆけば、それはやはり夢や希望に通じる』「清太郎の病はきっと快癒する。せめてわしらが生きている間はその面倒をみるのが使命じゃ、そう思っている」と言うと、元満は「伯父上は悟っておいでだからよいのです。だが、それが心の支えになると言えば、そう言えなくもない」元満は欠伸をした。トキもうとうとしている。そんな中でリツだけは一人炊事場で、甲斐甲斐しく竈の回りで動き回っている。夏の日はとっぷり暮れ、行灯の灯が風に揺れている。暫らくするとリツがお茶を運んで元満のところへやってきた。

「おやおや、皆さん、お疲れのようね」こぼれるような笑顔が印象的である。元満は茶碗を持つ手の動きから、中腰になりお茶を手渡すその仕草まで、リツの立ち居振る舞いをつぶさに見ていた。「厭ですわ。そんなに見つめられては……」リツは笑顔で元満の前へ、お茶を持ってきた。美しい笑顔の中に、重病の清太郎がもたらす暗さは微塵もない。灯が大きく揺れリツの姿が白壁の上で、舞を舞う人のように揺らめいた。元満はピシャリ腕に止まった蚊を叩いた。

「わしはいつも気掛かりであったのだが……」幻蔵はリツがお茶を自分の前に持ってきた時、その重い口を開いた。

「私ですか？」リツは小袖の袂を絡げ、茶碗を幻蔵の前に置きながら、次の言葉を待った。

「清太郎のことでは……」言い淀んだ。

「……お前、清太郎のことで、苦労をしているのう……。そこでじゃ……。清太郎の世話はわしと婆さんでやろう。お前もちょっと考えてみてはどうじゃ」

「はぁ？」リツは怪訝そうに幻蔵を見た。

「お前は清太郎に、そしてこの武井家に嫁いできたのじゃが、清太郎があゝなったのはわしらに責任がある。お前には全く責任はない。そこでじゃ、清太郎の面倒はわしらでみるに、お前は自由にしてよいぞ」幻蔵が言うと
「私は武井家に嫁いできました。それではあまりに冷とうございます」

「お前はまだ若い。いくらでも嫁ぐところはある。将来がある」

「そんなもの早ように捨てました。清太郎さんがあんなふうなのは、仕官しようとしたからでございます。それは私にも責任がございます」

「この島には何もない。仕官を志すように言ったのはわしじゃ。だが、結果はああなってしまった。何が引き金になったのか分からぬが、先方で随分ひどい思いをしたのであろう」

「あの人は私を見ると、震え出してしまいます。まるで化物でも見たように。お腹に子供が出来た頃はあんなに溌剌とし、よく冗談も言う人だったのに……」リツは涙声になった。そして、「ここ（小豆島）を出る時は『一旗も二旗も揚げ故郷に錦を飾るぞ』と勇んで出立なされましたものを。こんなことになってしまうなんて……」

「余程ひどいことがあったんじゃろ。まるで錯乱しておった」

「自分を失くし、子供のようになってしまうなんて」

「そうなることで、苦しい己れから逃れようとしておるんじゃ」

「あの人は私の子供です」リツはきっぱりと言った。

「だがなぁ、これ以上お前に迷惑はかけられん。どうあれあいつはわしの子でもあるし、わしらが面倒みるのが筋であろう」

「『武井家を出よ』とおっしゃいますか?」

「お前の先を思ってな」

「私には参るところがございません」リツは涙にくれた。

元満は逝った母親カスミのことと、清太郎のことを結びつけて思い出していた。生みの苦しさ激しい辛さ、厳粛さ、そして清太郎の心の病。そしてさらにこのいつ荒れるやもしれぬ、今は穏やかな瀬戸内海。そんな諸々の変化、激しい世の中で生きている、いや生かされている自分たち人間。ふと、その人間たちに幸多かれと祈ってやりたい。そんな思いに駆られるのが不思議であった。

翌朝。早く目が覚めた元満は井戸端で、水音がするのに気付いた。行ってみるとそこに白着物姿のリツが、水をかぶっているのが見えた。そして気付かれないようにしながら、耳をすますと、水音に混じって何やら呪文めいたものが聞き取れた。それが済むと、リツは胸前で十の字を切った。元満が何食わぬ顔で近付くと、それに気付いたリツは、慌てて水で透けた両の乳房をかき抱いた。

「リツさんは歌をお詠みになるですか?」多少驚いたさまのリツに「文机の上で、偶然歌を見つけた」と言うと、顔を赤らめ、

「何のことはないのですが、ちょっと縁がありまして」とうつむき加減に答えた。

「そうでしたか? それは良いご趣味だ」でも、何でこんなところで……。そのきっかけを詳しく知りたい元満は、ひとつ覚えの紀貫之の和歌《やまうたは人の心を種としてよろづの言の葉とぞなれりける》と言ってみた。すると、リツは

「言葉は最高の知恵ですわ。神が宿ります」と言った。

「天地を動かし、目に見えぬ鬼神をもあわれと思わせ、男女の仲をも和らげ……と言うくら

いですからね」

「よくご存じですわ」

「昔、ぶん取った書をめくっていて、偶然そんな言葉を見つけました。たしか古今和歌集仮名序だったと思います」

リツはそういう元満が、健康な頃の清太郎を彷彿させるようで、好感を抱いた。初めて会ったような気がしない元満に、このようにあたかも旧知の人のように、会話が出来て嬉しかった。

「遠い昔に会った人みたい。どこかこう幸福な頃に戻ったようですわ」そう言った。

「それは光栄至極。私はリツさんが歌に通じておいでなので、より親近感が湧きました。で、その手ほどきを受けたい。かように思います」

「私は人様にお教えするほどの器ではございませんわ。勝手気ままに詠んでいるだけですもの」

「いや、言葉に神が宿る、と言うリツさんのお考えに共鳴しましたゆえに」

「あまりに当然すぎて、言葉になど誰も気にはかけませんものを」

「それゆえ、それに目を付けられたリツさんは偉い。人々が見過ごしている言葉に、神性を感じるなど、なかなか気付きがたい」

「大事なものってすぐ近くにありますのよ……。……ちょっと失礼します」と言ってリツは縁側から家の奥へと消えた。『全くわしも不粋な人間よ。リツさんは今まで水をかぶっていたのじゃなかったか？　それに気付かないなんて……』苦笑しながら元満は部屋へ戻った。

小半時して、小袖姿に身を包み、さっぱりした様子のリツが食事を運んできた。食膳には米の飯と小魚、のりの佃煮、生卵、それにたくあんなどが乗せられている。「米？　米の飯など、止めてくだされ。年貢の残りの大切な米が、いかに手元に残りがたいか、因島でよく知っておりますれば。どうぞ、これは清太郎殿に差し上げてくだされ」元満は頑として米飯には箸をつけなかった。「わしはこの芋とめざしが大の好物です」アッという間に食べてしまうと、「野良の仕事でも、海の仕事でも何でもやりますゆえに。わしは海が好きですゆえ、まずはちょっと海辺へ網の手入れに行ってきますよ。その前に……」と元満はリツの手をまじまじと見た。

「あれは何でしたっけ？　今朝胸の前で十文字をお切りになっていたようですが」

「バテレンの祈りです」

「バテレン？」元満は惚けた。バテレンとはポルトガル語のパードレが訛ったもので、キリシタン宣教師のうち、司祭の職にある者をそう呼ぶ。蛇足ながらパードレとは父親という意味がある。

「私たちはどんなものにも神性を感じ恐れておりましたが、一体特定の何様におすがり申せば心が救われるのか、分かりませんでした。でもここにキリスト様を信じれば救われる、と聞かされ、有り難い十文字を切っていたのですよ。キリスト様は人を救うために、自分から進んで十字架の刑に処せられたと言うんです。だから十文字を……」

『言葉に神性。何物にも神性を感じるここもとの人間は、一体何に救いを求めるのか』元満には分からぬことであった。また、キリシタンにとっては、何物にも神の存在を見出だす、この島民の心情が不思議であり、そして、この国の人々にとっては、たった一つの神を信じるバテレン者の教義は、非常に衝撃的であった。

「じゃあ行ってきます」と元満が立ち上がった時である。けたたましいトキの声。「お前様大変だよ。清太郎が出て行った」そしてそこに泣き崩れた。幻蔵はトキの手に握り締められ、涙でグシャグシャになった置き手紙をむしり取った。それにはあらまし次のようなことが記されていた。

——父上、母上。わしは戦いで過ちを犯した。リツによく似ている身籠った女を、手にかけてしまった。女は『どうかお腹にいる子供だけでも助けて』と、泣き叫びながら懇願したが、それを無視して刺してしまった。初めて人を刺した。それを明らかにせず、胸の中にしもうてきたが、その女がリツの姿形をして、夜な夜なわしの枕元に現われては、何も言わず暗闇の中で、わしを見つめよる。手には赤子を抱き、恨めしそうにわしを見つめよるんじゃ。それは毎回毎晩三つ時に現われよる。そのたびに刀を振り回し、その霊を斬ろうとするんじゃが、時にはそれがリツであったり、父上や母上であったり、化けよるんじゃ。だからいつお二人に危害が及ぶやもしれん。わしは旅に出る。父上、母上、それにリツ。清一郎を頼む。

――引きつり角張った文字であったが、そのように読めた。読み終わるまで瞬きひとつせず
じっと見詰めていたトキは、幻蔵からそれを奪い取り、涙で濡れた目でそれを再読し始めた。

「お前は余程深く考えていたんじゃねー。可哀相に……」

「仕方がない。静かにしておけ。だが、清太郎、死んではいかんぞ。何があっても生き抜くんじゃぞ」幻蔵は平素と何ら変わりなくそう言った。

騒ぎを聞きつけて、やがて清一郎もやってきた。

「父上がどうかされたのですか？」

「清一郎、父上が家を出られた」

「えっ、父上が……」

「魔が連れ出したのじゃろうか？　それとも魔を退治に……」平静を保とうとするトキは溢れ止まぬ涙を拭いた。

「勿論、魔を退治に行ったのじゃ。リツも気をしっかり持て。そばに元満もおる」

「私もあの頃の元気で溌剌した清太郎さんを待っています」この時リツには、幻蔵の言葉の持つ意味を理解出来なかった。

「父上に人を斬らせたのは誰であろう？」置き手紙を読み終えた清一郎は、今は思慮深げに育った顔を曇らせた。

「それを言うな」幻蔵は一喝した。幻蔵の心にあったのは、武井家の人々の『功罪』であった。そして、それを理解出来ない訳などない清一郎の心情と、幻蔵の思いが交錯した。『それを言うな』と、一喝して清一郎を咎めた幻蔵の言葉が、次のような同じ思いを二人に抱かせた。『世は戦国の時代。降りかかる火の粉は払わねばならぬ。誰が悪いのでもない。こんな不幸な時代を経験しながらも、人の世は永遠に続いていく。人間は滅びることはない』

第三章　あらかぶの背切り

清太郎が去ってから、半年が過ぎ一年が終わったが、清太郎からは何の連絡もなかった。何でも噂によると、ある漢方医を手助けして、何とか元気にやっているという。

（どこであれ生きておりさえすれば、それでよい）幻蔵は真っ白になった頭を掻いた。口元には微笑みをたたえもって。そして、リツを呼んだ。

「大事な話じゃ」と前置きして

「わしももうそんなに長くはない。そこで嫁としてのお前の身の振り方じゃが」と長い髭を撫でた。

「元満と所帯を持たぬか？」少し唐突に言った。

リツは息をのんだ。

「この一年、元満を見てきたが、ありゃあ魔に憑りつかれる前の清太郎と同じじゃあ」

「でも、私は清太郎さんを待つと言ったはずですよ」

「うんうん。じゃがもうあいつは帰ってこん。待っていても無駄じゃ。元満と一緒になってはどうじゃ？」これにはリツも吃驚し、大きな目を見張った。

「お前も元満には好意を寄せているんじゃろ。清太郎に似ている元満は好かぬか？」

「そんなことはありません。清太郎さんの面影があれば、清太郎さんを裏切ることにはならないのでは……と（慌てて口に手を当てた）。でも、元満は清太郎さんではありません」

「武士は名を大事にするもの。じゃが、二人はどっちみち兄弟のようなものじゃから、そんなにこだわることもなかろう」

「でも……」

「今、すぐでは無理じゃな。よく考えてみることじゃ」

引き下がったリツは、その晩まんじりともしなかった。義父の言ってくれたことは嬉しい。だが、いくら元満が好きでも、一緒になるのだと思うと、何かしっくりこない。実感が湧いてこない。それに元満と契りを結べば、清太郎にすまない気もしてくる。だが、噂では清太郎は元気にやっている……。


翌日の朝食の時である。リツが元満の部屋に食事を運んで来ると、元満は「実はリツさんに話がある」と言う。するとリツは幾らか頬を紅に染めて「私もでございます」と言った。

「ん？　何であろうか？」元満が問うと、リツはあなたから先にお話ください、と言った。

「ん？　では……実は何日か前に、叔父上から言われておったのだが、わしはリツさんの夫君によく似ている……いかがかな……？」元満は一旦そこで話を切った。リツは
「ええ、元気な頃のあの人と、よく似ておいでですわ」

「育ったところは瀬戸内海。同じ海で同じような島で育ったゆえであろう。勿論清太郎さんと同じ血が流れているからでもあろうが」あらかぶ（がしら）の入った味噌汁を音を立てて啜った。そして続けた。「で、叔父上は、わしに清太郎の代わりになれ、とおっしゃる。お分かりか？」

「それは私と……」

「そうじゃ、一緒になれ……とおっしゃられたのです」

その言葉にリツは前掛けで目元を拭いた。

「わしは清太郎さんとは違うし、清太郎さんの仮面をかぶったまま生き続けることは厭だから黙っていたのですが……『病前の元気で溌剌した清太郎ならいざしらず、これより先は元満にかかっている。清太郎がどう生きていこうと、お前には無関係だ』とおっしゃる」

「過去には生きるな……と」

「未来がある、とおっしゃるのじゃ。誰にも束縛されない人生がある、と。その中にリツを引き込んでくれんじゃろか、と。良い叔父上じゃ」

「義父は私に申しました。人間は一人では生きてゆけぬもの。清一郎が生き甲斐だと思うだろうが、清一郎とていずれ親元を離れてゆくのだ。若い時はいざ知らず、一人になった時必要なのが良き伴侶じゃ』とそう申しておりました」リツは早口に、涙ぐみながらそう言った。

「リツさん、清太郎さんを忘れ去ることが出来るか？」

「女は能面をかぶったまま生きてゆけるものにございます」

「いや、それは好かぬ。正直なままがよい」

「私は清太郎さんを忘れ去るよう努力します。女はいざとなると、それはそれは潔いもの。昨日と今日の明暗はくっきりとしたものにございます」

「それはどうして……？」

「私の中に常に清太郎という男が住んでいるからでございます。四六時中清太郎さんのことを考えておるからでございます」

「よく分からぬが……」

「別に誰か契りを結ぶ殿方が現われたなら、その殿方に精一杯尽くすことで、昨日のことを忘れることが出来ますの。そして、一度忘れたなら、もう二度と昨日のことは思い浮かんでまいりません。契りを結んだ殿方のことばかりで頭はいっぱいになり、他人の入る隙間なんてありませんの」

『過去を少しずつ追い出してゆく』

「それまでが大変なのか？」元満はひとりごちた。

「女の小さく細かいところが、殿方にはご理解できないんですわ」

『その小さな芽がどんどん成長して、思ってもみないことになる。一旦芽を出したら、それはのっぴきならぬ大きなものになる可能性すらあるのか？　過去を一つずつ追い出してゆく、という考えと矛盾するなぁ。心の仕組みの問題だ。そのいずれも正解なのだろう』と元満は結論付けた。

「その小さく細かいものは、殿方には見えません。私ですらよく分からないものですもの……」

元満は箸を置いた。リツは楊子を差し出した。

「今朝叔父上は？」

「はい、早くから漁に出ておいでです。今日は元満にあらかぶ（がしら）の背切りを食べさせるのだ、と張り切っておいででした」

「あらかぶの背切り？」

「楽しみにお待ちください」リツは朝食の片付けを始めた。


その夜リツは窓辺で、潮騒を聞いていた。それはいつも耳にしているものなのに、今夜の潮騒はまた違った趣をしていた。それは歌うように祈るように聞こえてくる。思わずリツは十字を切った。敬虔なその音は絶対的な韻律を含み、侵しがたい峻厳さを持って聞こえてくる。人間が絶対に踏み込むことの出来ない静寂さと冷厳さ。それが闇の裂目から聞こえてくる。リツは立ち上がり、障子を開けた。月の光が煌々と差し込んでくる。その下で波は渚に打ち寄せて、白い泡で素早く曲線を描き、それを打ち消しては、再び寄せてくる。そんな繰り返しを見ていると、元気で溌剌としていた頃の清太郎と、渚に並んで腰を下ろし、夜遅くまで語り合った日々が走馬灯のように浮かんでくる。青い思い出といえば二人で語らったことは沢山あった。特に清太郎は砂や土に関する執着が強かった。二人で田や畠を作り、子供が出来たら、腹一杯飯を食わせ、泥んこになりながらも、遠い古人の様を味わってみたい。どうやらこの頃から開拓の虫は、武井家に宿っていたようである。それが今となっては、寄せ来る波が描く泡と帰しつつあった。一陣の旋風が頬に当たる。リツは障子を閉めた。激しく青い月光が障子を貫いて、部屋を紫色に照らし出した。清一郎はよく眠っていた。その安らかな寝顔をリツはしげしげと見た。と、その時聞き馴染んだ声がした。エ？　と思い耳をすますと、確かにその声は清太郎。それは波音に混じって聞こえてきた。清太郎さん？　リツは小さな声で名を呟いた。すると『俺は病も癒え、元気にやっておる』紛れもない清太郎の声がした。だが、実際そこに聞こえてくるものは、波の音と、清一郎の軽い鼾であった。『空耳』リツは清一郎の寝顔をもう一度よく見た。そしてその顔に「清太郎さん」と囁きかけた。「清太郎さん。どこにいてもよい。何をしていてもよい。あなたの人生を生き抜いて……」それは清太郎との別離の言葉であったろうか？　清太郎は微かに微笑んだように見えた。

明け方近く眠りについたリツは夢を見た。

船に乗った花嫁姿のリツが、島から手招きしている清太郎の元へ、なかなか辿り着くことが出来ない。それどころか、どんどん沖の方へ流されてゆく。島では清太郎が「どうした？何故近くまでこぬ」と手を上げ叫んでいる。そこでリツがその船頭を見やると、それは元満であり、「これからさるところへお前を連れて参る」と言う。そこは天国だとも言う。「天国とはこの世にあり、地獄もまた、しかり」何故か坊主が、胸元で十字を切っている。「私は行きたくない。どこへも」と掲げたリツの手が空を掴む。島では清太郎が頭を抱え、煩悶している。「帰してよー、帰してよー」と泣き叫ぶうちに、リツは目を覚ました。「母上、どうされたのじゃ」心配そうに清一郎がリツの顔を覗き込んでいる。

「夢を見ました」

障子を照らしているのは、もはや月光ではなく、底抜けに明るく、恵みの運命のみを持つ燦々と輝やく太陽であった。

「悪い夢でも見たのですか？」尚も心配そうな清一郎。

その数日後、元満とリツはささやかな華燭の宴を持った。「どこへも連れて行かんとな……」リツはひと言、元満に言った。

だが、そう良いことばかりは続かない。と、言うのはある晴れた日、村人の一人が幻蔵が野良で倒れていた、と幻蔵を背負い、帰りを待つトキの家に駆け込んできた。「早く医者を……」その人は慌てて叫んだ。が、虫の息の幻蔵はそれを固辞した。そして、「もうわしは駄目だ」と言いつつ、永年の労苦を偲ばせる、皺の寄った手で、トキの手を取った。

「お前様の手は温かいね」トキは左手を幻蔵の額に当て、右の手に力を込めて、握り返した。そして、ハラハラと涙をこぼした。「お前と一緒に過ごした日々は楽しかった。こればかりは順番があるようだから、先に行く。今度生まれてきても、やはりお前と契りを結ぼう」幻蔵は目を閉じた。そして、「ああ、何と言うか……人間なんて、どこからやってきてどこへ旅するものやら……。こうした温かい生命も、いつの日にかどこぞへ旅立つ。不思議なものだ。わしの生命は清太郎に受け継がれている。そして、子に、その次の子にも、永遠に引き継がれる。古い生命は滅び、新しく生まれ変わって連綿と続いてゆくのじゃ。だからどうか悲しまないでくれ。お前に泣かれると別れ辛くなる」

「お前様は自分のことは、二の次にして、家や子孫のことばかり考えて生きてきなすった。それは人をも思いやることに通じます。そしてそれは人として最も大切なことだと今更のように感じます。だから、そのお礼にと村民の方が息のあるうちに、私に引き合わせてくださったんですよ」

「後で礼を言っといておくれ」幻蔵の息遣いが忙しくなる。

「リツや、元満さんもきておくれ」トキのその声にリツ、元満は清一郎を伴って、二階から急ぎ駆け下りてきた。

「わしは間もなく幻の世へ行くが、子や孫は現世の者たち……。現の世で一生懸命……。それから清太郎のことくれぐれもな……」トキ、リツ、元満、そして清一郎は幻蔵の手をしっかり握った。幻蔵は目を閉じた。「お義父さん、しっかり。お義父さん、しっかり」リツはその肩を揺さぶったが、幻蔵の目は再び開くことはなかった。

トキは「お前様、美しい寝顔です。安らかな寝顔ですよ」と、その顔をかき抱いた。

「叔父上、どうかあの世から、この家族の行く末を見守ってください。さらばです」元満は手を合わせた。


その後、清太郎とリツの子清一郎は里子という娘と結婚。新一郎という男児をもうけた。里子は姉さん女房で、美貌は今ひとつであったが、清一郎はこの娘となら、何にも恐いものはなかった。里子は非常に素直な女で、清一郎の隠れた能力を次々と引き出してくれた。どちらかというと寡黙な清一郎は、里子の前では非常に雄弁に、本人も吃驚するように喋るのであった。要するに馬が合うのであった。

さて二人の間に生まれた新一郎は、豊島生まれの十河某の縁戚の娘を嫁にした。武家の出であったから、結婚式は非常に格式張ったもので、これで武井家の乏しい財産は吹っ飛んでしまった。名前は文子。文子というぐらいだから、源氏物語でも読み解くのかと思えるが、なんの文学の方はまるっきり駄目で、目下弓を引くのに日夜はなかった。この新一郎の時代は慶長十七年(一六一二)、幕府直轄領におけるキリシタン禁教令や、慶長十九年(一六一四)、高山右近・内藤如安らキリシタン信者の国外追放にみられるように、キリシタン迫害が厳しくなる時代であった。ちなみに寛永六年(一六二九)には踏絵が行われた。これより後になるが、水軍松浦党党首、松浦与兵衛が手に入れた、コペルニクス著の洋書などの輸入が禁止されたのもこの頃である。

吉郎はこの新一郎と文子の間に生まれた、一粒種である。

寛永十八年(一六四一)、オランダ人を、長崎の出島に移すことにより、鎖国が完成し、その翌年には、住民皆無の地への移民の幕令が発布された。だが、実際に長崎の南串山、加津佐、口之津、南有馬へ移住した年は慶安二年(一六四九)とされている。そして、武井家が移住することになるのは、武井幻蔵から下ること五代目、武井吉郎の時である。

島(小豆島)では、この十日間あまり連日遅くまで、寄り合いがもたれ、移住するのか移住を止めるかの問題も含めて、見知らぬ遠地(口之津)への旅立ちの話し合いの場がもたれてきた。それもいよいよ大詰めになる頃であった。

「辺境の地なれど、ここ小豆島よりましだろう。重税に喘ぎ、粟や稗ばかり食わされているこの地より、悪い地ではあるまい」の諦め説や「良いことばかりではないぞ。先には危険なこともいっぱいじゃろう」の悲観説があれば、「海や山があり、この小豆島と似たような気候風土で、田圃や畠は食うに困らぬほどあると言うぞ」の楽観説もある。「南蛮貿易で栄えた土地柄とも言うぞ」「だが、今じゃ鎖国令で封印されてしまっている」さて、諸説紛々。だが、結局採用されたのは「やってみなきゃ分からぬ。考える前に翔べ」という、昔も今も変わらぬ正論に意見は収斂した。そして、旅立ちに賛意を表した者は数十人とも数百人とも。単身で乗り込もうとする者、家族全員で乗り込もうとする者。恋人同士で、友人同士で。親と別れる者、妻子と別れる者。そこには数々の物語があり、思いがあるのであろう。だが、やはり一番の動機は、幸福な人生を勝ち得るためであろう。

今吉郎は苦渋の決断をしてきたばかりである。吉郎にはもう二年もの間、付き合っている娘、おはまがいた。追いすがる許婚に「生活のめどがついたら、必ずお前を呼び寄せるから」と言ってきたところである。人は幸せを求めて旅するはずである。だが、その中にはいつも一匹のもののけがくっついていて、全てを駄目にしようと、虎視眈眈と己れの出番を待っている。

吉郎は出発の日が来るのを、今か今かと待ちわびていた。出発は慶安二年（一六四九）七月吉日。船頭は本多次ェ門と決まった。本多次ェ門は、江戸時代には名門として聞こえた本多家の前身とも噂された家系の者である。出発までにはまだ間がある。その間に帆を繕ったり、芋を蒸して薄切りにすると、天日に干し粉にして炊いた芋団子や、鰯の干物を用意したり、照明用の魚油や松脂を採集したり、そのために、許婚のおはまは甲斐甲斐しく働いてくれた。特におはまが心を痛めたのは、吉郎の健康のことである。おはまはどくだみ・げんのしょうこ・よもぎ・しそ・なずななどを用意しながら、吉郎の気が変わらぬようにとわすれな草をお守りに縫い付けた。その他女の黒髪は海難事故のお守りになる、というので、お守り袋の中に自分の黒髪を入れた。

出発の日が明日に迫ったその夜、武井家ではささやかなお別れの会が催された。そこには吉郎の祖父にあたる清一郎とその妻里子。新一郎と文子夫妻が集った。ここにはおはまも招かれた。

「何にも変わったものはないけど……」文子はそう言いながら、新しい濁り酒の封を切った。食卓にはいつもと変わらぬ魚介類――めざし・いかの塩辛・わかめの酢の物・あわびにさざえなどの海のものや山菜のお浸しが膳を賑わし、変わったものといえば、巻き寿司や押し寿司だろうか。

吉郎は真っ先に父新一郎のこしらえてくれたあらかぶの背切り（これには武井家秘伝の柚子味噌が使われた）を頬張った。

「親父殿のこの背切りは格別だな」

「柚子味噌はもうかれこれ三年は寝かせておるで、旨かろう」新一郎は嬉しそうに背切りを、味わっている吉郎を見た。

「天下一品だ。こんなに旨いもんも、これから暫らく食えなくなるなぁ」

「なぁに、柚子味噌はいっぱい作っているから、持っていけばよい。彼の地（口之津）も海のものは豊富だろう？」

「良い漁港があるらしい。波は穏やかで風光明媚なところらしい。あらかぶも取れるだろうから、親父殿のことを思い出しながら、背切りを食うことにするよ」（この時吉郎は口之津の早崎海峡のことを知らなかった。実は早崎海峡は、日本で三番目に潮流の速いことで知られている。いつもは鏡のように穏やかであるが、干満潮時には激しい潮の流れがあり、うっかりしようものなら、東シナ海まで流されてしまうことさえあるのだ。この事実を吉郎は現地に着くまで知らなかった）

「どこへ行っても故郷のことは忘れるな」父親は吉郎に、濁り酒を勧めながら言った。

「忘れる訳がねぇ」

「そりぁ、そうだがね。おはまちゃんもいることだし。なぁ、おはまちゃん」文子は大きな声で言い、おはまの肩を叩いた。おはまは頬を茜に染めた。

「お前も飲め」新一郎はおはまに杯を渡した。

「ほれ、吉郎、何をしている。おはまに注いでやれ」新一郎は吉郎に徳利を預けた。そこで吉郎がおはまの杯に、酒を注ごうとした時である。おはまは杯を落とし、口を押さえて立ち上がると、離れの厠へ駆け込んだ。

吉郎を除いた四人は、お互いに目と目を合わせた。吉郎はおはまのところへ飛んで行った。

暫らくすると複雑な顔をした吉郎が、四人のところへ戻って来た。

「やっぱりか?」新一郎は吉郎を見た。

「うん」吉郎は半ば喜び、半ば困惑した顔をした。

「そりゃ、めでたい」新一郎は膝を一つ叩いて、喜びを顔全体に表した。文子は立ち上がり、おはまを迎えに座を立った。

「吉郎、事はどうあれ、新しい生命を迎えることを喜んでやらんといかんぞ。早う『おはまでかした』と言うてやれ」新一郎に、そう促されると、初めて吉郎は笑顔になった。だが、またすぐに困惑の表情になった。事を察した新一郎は
「なぁに、子供は自然に生まれる。一人や二人の子供くらいわしらが面倒をみる」先の先まで、見通しの出来る新一郎は、吉郎の悩みを察してそう言った。

「親父、お袋、すまねぇ。口之津へ行ったら、なるだけ早く迎えに来るよ」

「おはまや生まれてくる子のことは心配するな。何事も一生懸命にやれ」

この時吉郎はうなだれているおはまの髪に、『銀の地に人魚と珊瑚』の櫛を挿してやりながら、慰めるつもりでつまらぬことをした。酒を勧めてしまったのである。この時は生まれてくる子のための純粋な祝いのつもりであった。が、それが吉郎とおはまにとって、今生の別離の盃になってしまうとは誰にも分かるはずはなかった。

口之津へ移住する面々が決まり、行く者もそれを見送る村人も、次々と土庄の戎さんの前へ集まってきた。早く来た者は神酒を船にかけ、航海の安全を祈願している。船は因島の軍船、大阿武船を利用した。それには勿論因島で活躍した吉郎の五代前、一蔵の影響力があったからに他ならない。大阿武船とはおおよそ二十対の櫓を持ち、帆を張って進むとあって、その速さは十八世紀前期に普及した、いわゆる弁才船には劣るが、この頃としては抜群の推進力を持っていた。船は全部で三艘、総勢百十五人。やがて村人たちは戎さんの前で輪になった。いわゆる結団式である。

その人々を参加者の家族が囲み、その外を参加せぬ人々が、遠巻きに巻いた。この日村人のほとんどが、この土庄の港に参集し、老若男女、よくもまぁこれだけの人が、どこから集まったものか、とてつもない賑わいであった。この日に当て込んでちゃっかり商売をする者、それを横取りしようとする悪がき。いたずらをし、喧嘩になり、泣きだす童。久しぶりの再会であろうか、挨拶を交わす人々の大声。無事でご無事で、という言葉がこの時ほど、活躍した日もあるまい。

「あ、見て！　見て！」と言う大声が起こり、人々は指差す人の向こうを見た。「おお」と人々は息をのんだ。そこには何と、三尺もあろうかという大鯛が引き出され、村長の胸で紅の乱舞を繰り広げていた。「見ろ！」見せ物小屋の親方のようにそう言うと、村長は「こいつはこんな記念すべき日が、いつくるやもしれぬと思い、わしが秘かに養殖していた真鯛だ。どこぞやでは魚を養殖するに、鶏肉を使うらしいが、わしはただ活きのいいえびのみを与えて飼ってきた。鶏肉を使って太くした魚など、食べられる訳がねえ。元々鯛という魚はえびしか食わん。それを人様の勝手で無理矢理鶏肉を与え、太らせて食うなどということは、自然の摂理に悖《もと》ると言うもの。見ろ！」村長は叫んだ。そしてその鯛を巨大な俎の上にドスンと放り投げた。「どうじゃ、ピクリともせんじゃろう。ここに海の王者の風格がある」なるほど村長の手の中で盛んに暴れていた大鯛は、俎の上ではピクリともせず、その目を天に向けていた。皆感心したようにこの立派な大鯛を注視した。

やがてお神酒が振る舞われ、村長は旅立つ人々一人一人に、ねぎらいの言葉をかけていた。

「立派にやってこいよ」「当たり前じゃ。一旗揚げるまでは故郷の地は踏まぬ。口之津もこの土庄のように、美しいと聞いた。土庄の意地を口之津に作ってやるよ。だから淋しくなんかねぇ。泣くもんかよ。口之津はこの土庄よ」「体には十分注意せぇよ」「お主こそ長生きして、俺たちの帰りを待っていてくれ」「土庄で培った人間を試す良い機会じゃ」「ああ、異境の地で、俺の腕を見せてやるよ」「お主は少しやんちゃじゃ、怪我せんようにな」「こんな俺をよく思ってくれたのはあんただけじゃ。あんたの恩に報いるよう、立派にやるさ」「土庄のこと、忘れたらあかんぞ」「土庄はおっかじゃ。忘れる訳がねぇ」「海はどこまでも続いておる。生命もしかりじゃ。忘れるでねぇぞ」「ああ、海は一つじゃ。土庄も口之津も繋がっている。海は生命よ」「お主たちは使命で口之津へ行く。どうか明るい未来を切り開いてくれ。そして、それを人々に知らしめるのじゃ。どこで生きようと、どんな境遇に置かれようと、人間は生きていける。それを人々に知らしめるのじゃ。人間は自然の申し子。力を合わせれば、いや力を借りればどんなことだって可能じゃ。それを明らかにさせることこそ、使命と心得よ」そして、村長は吉郎の前に盃を持ってやってきた。盃を差し出しながら「口之津は未来じゃ。未来を実現させせよ」「ああ、夢と希望。その儚いものをきっと手に入れてみせる。草の根かじってでも、それを実現させずにおくものではない」ねぎらいの言葉は続いた。それは移住する人々一人一人に手向けられたものであり、また全ての人々に共通するものである。村長は「今日のこの一瞬、戎さんも笑顔で送ってくれとる。航海の無事、口之津での成功。ただただそれを祈っておる。皆元気で、挫けそうな時は、土庄のことを思い出し、力を合わせて乗り切ろうぞ」村長は締め括った。

彼らは各々の船に駆け寄り、勇んで飛び乗った。

風は順風で船は快走する。幸先のよい旅立ちを切った。後ろを見やると、今出帆したばかりの土庄の渚で手を振る人々の姿が、どんどん小さくなっていく。やがてそれも波間にのまれ、緑色の小豆島が青い海の色に溶け込んで、水平線の向こうに消え去った。

太陽が中天にかかる頃、吉郎は隊長の次ェ門の船へ、船を近付けつつ大声で言った。「讃岐に旨い干し蛸があるらしい。そこへ寄って少し仕入れたらどうじゃろう?」

「おお、それもいいな。旅は長い。ついでに冷たい水も欲しい」という訳で、一同四国の讃岐を目指した。讃岐は根太鼻から少々南下した庵治の漁港へ着いた。庵治では、この珍妙な集団が現われたことで沸き立った。そこでは民家が突然商店に変わったし、女、子供たちは干し魚や新鮮な魚介類を売りにきた。船乗りたちは各々干飯や油、勿論酒などを買い足し、かつ飲食した。「ところで干し蛸はないのか？」と漁民に聞くと、一人の日焼けして真っ黒な、いかにも漁師でございといった風の男が、白い歯を見せながら「向かいの屋島へ行ってみな」と言った。「あそこに面白い男がいる」と言うのである。「平家の落人の子孫らしい」と言う。素性などどうでもよかった。次ェ門一行は干し蛸という餌を追いかけて、そこに立ち寄ることにした。源平合戦の戦場となった屋島へ近付くと、岸壁に立ち、盛んに白旗を振っている男が目に入った。「あんなに目立つことをしたら、残党狩りに見つかってしまうぞ」吉郎と次ェ門は互いに目を見合わせて笑った。

船を岸へ寄せると、一人の小男が近付いてきた。平家の子孫にしては、無防備な人懐こい男である。「今は昔……」とその男は歌うように語りかけてきた。「奢れる者久しからず……」どこかで聞いたような歌である。そして言った。「お主たちは干し蛸を買いにきた。どうだ、図星だろう」と白い歯を見せてニタニタと笑う。「どうしてそれが分かった？」と吉郎が問うと、その小男は「それしかないからな」とからかう。「見てみい」と言うので、男の指差す方を見ると、なるほど浜のあちこちに竿が立てられ、蛸が足を広げた形で干してあった。「干すまでは三尺もあった代物が、干せば一尺になってしまう」「それなら値段も三分の一になるのか？」と吉郎がかまをかけてみると、「儚いものよ。手間賃が入っているから、元々の値段。三尺の花の姿そのままの値段よ」と笑った。

「世の中ちっとも変わっちゃいねぇ。いやいやうちの殿様のように儚いものだ。天下を取るには取ったが、それも束の間さ。今じゃわしらは逃げ惑い、こんな小島で蛸を売って生活しとる」吉郎はこんな矛盾だらけの男は初めてだ、と思いつつ聞いていると、さっきまで快活に喋っていた男が、今はキョロキョロと、臆病そうに辺りを窺い、疑い深そうに警戒している。そして「お主ら、源氏の者と違うだろうな」と言う。「何を言っているんだお主。今は徳川の世の中だぞ」吉郎が言うと「嘘つくな」と言う。そして「人切り包丁を持っている以上、何も変わっちゃいねぇ。源氏の世も徳川の世も同じことよ」と言う。この時吉郎はお守りとして、小刀を帯びていた。これを見て小男は人を斬るものという言い方をしたのだった。刀はすでに刀狩り制度により召し上げられている。「して、お主たちは何をしにここへ？」小男は吉郎の方をジロリと見た。「わしは金も珠玉も何も持っとらんよ。帰れ帰れ」と言う。そこで吉郎が「干し蛸？　それしかないんだろう？　それを買いにきたのだ」と言うと「どこからきたのか？」と問う。そこで吉郎が特命を受けての旅の話などすると、小男は「わしも連れて行ってくれ！」と急に砂に頭をすりつけて懇願する。「わしの名は平乃あ門。どうか一緒にその口之津とやらへ連れて行ってくだされ」そして林の中に駆け込んだかと思うと紅や金糸銀糸の反物を、ひと抱えほど持ってきて、白砂の上にぶちまけた。一瞬そこは艶やかな王宮の間と化した。吉郎たちは息をのんだ。何と美しい。こんな光景は生まれて初めてであった。「これをやる。奥にはもっとある。全てやるからどうか、そこへ連れて行ってくだされ」何度も何度も懇願する。

「我々は伊達や粋狂で口之津へ向かうのとは違う。その申し出お断わりする」吉郎たち一行が立ち去ろうとすると、小男あ門は吉郎にまとわり付いて、腰の脇差を奪うと、真剣な目をして、腹を切ろうとする。吉郎たちがそれに構わず立ち去ろうとした直後、うっという呻きが起きた。吉郎がぎょっとして振り返ると、あ門の腹部から血が滲んで落ちている。吉郎はあ門に飛び付いて、脇差を奪った。次ェ門は大急ぎで、緊急の出血止めを施し、幸い、生命に別状はなかった。「どうして？　それほどまでに？」理解の出来ない男であった。この不思議な男は口之津で、白浜に浮かんだ小島に『屋島』と勝手に銘うち、そこで蜉蝣《かげろう》の生態を研究するのに没頭した。蜉蝣とは無論あの儚い生命を持って知られる昆虫のことである。あ門は砂地に小さなすり鉢状の穴を掘り、そこへ落ちてくる蟻を餌にして生きる蜻蛉の研究に余念がなかった。彼はそれをこよなく慈しみ可愛がり、孵化したばかりの成虫を、いつも体に上まらせ、口之津の村を闊歩したのであった。彼は多くの移民が半農半漁を送ることになるその地で、一人屠さつ人となり、その数奇な生を全うした。その恐るべき生涯の詳細を知る者はいない。

一行は鷲羽山・鞆津・尾道・安芸の国を順調に航海し、一行が伊都岐島（厳島）の沖に差しかかった時である。急に暗雲が漂い始め、雲は見る見るうちにその厚さを増したか、と思うや、凪いでいた海が激しく泡立ち始めた。

「父祖、平清盛が帰依した伊都岐島神社へ参ろうぞ」あ門は手を叩いた。

「次ェ門どん、仕方ない。これから先の航海の安全祈願も兼ねて、あ門殿の言う通りにしよう」吉郎は隣で、したり顔のあ門を横目で睨みつつ次ェ門に相談した。

「お主がそう申すなら是非もない」次ェ門は真っ暗になった天を見上げそう言った。

「よっしゃー。話は決まった。皆の衆！　船をあの海に突き出た、赤い鳥居に向けよー」と気勢を上げたのは、隊長の次ェ門ではなく、何とあの小男――あ門であった。あ門は船の舳先に上って号令をかけた。皆この余所者が、と思ったが、大して抗いもせず、今は雨に洗われ始めた朱色の鳥居を目指して、全力で櫓を漕いだ。

「伊都岐島は神の島だ。見よ！　この雄姿。我が父祖、平清盛が帰依した島。だが何という因縁。まさかこうして父祖の島を訪れることになろうとは……」あ門は涙を流し、朱色の鳥居に頬擦りをした。そして、言い放った。「仁安三年（一一六八）、平清盛によって造営されしこの神社で、千僧供養を行なったり、秘伝の舞、抜頭《ばとう》を奉納――抜頭とは諸君！　唐の后妃が鬼になった姿を模した舞じゃ――その抜頭を奉納したりしたが、その後ここで毛利元就と陶晴賢の決戦が行われた。神の御前でバチの当たった連中よのう。神の地を人間の血で汚すなどもってのほか。はじめ神は両者を等しく罰するつもりでおられた。だが神は考えを変えられた。元就に軍配を上げられたのだ。だが、これは数において、元就の軍勢が劣勢であったため、その同情をお買いになられたからではない。元就の軍についた能島・来島・因島の水軍が常日頃から、伊都岐島の神に真剣に帰依していたからである。ところで、神が一度ご決断された考えを、すぐさま翻すようなことをなされるであろうか？と思うであろう。だが、それでいいのだ。神は己れが一度決めたことをあっさり翻された。それはこの国では神は全てを肯定される、全てをお許しになる、この国の人々は全てに神が宿る可能性を否定しはしない、そういう人々の心は優しさとも柔らかさとも言い難い曖昧な人間を創ってきた、そういう面で人々は神仏に迷っていると言える。迷っているからこそわしは先ほど、この国では……という言い方をしたのだ。ということはキリスト教が入ってきたのも、この迷いがあるからこそ、より容易に白黒のはっきりしたキリスト信者を作り得たのじゃー」あ門はここでやっとひと息ついた。そして続けた。「八百万の神に迷っている連中はキリストの格好の餌食となった。そしてそのキリストを忠実に守った連中は踏絵（一六二九以降）を踏まされ、天国へ召されていった。分かるか？　あの者たちがあまりにカチカチの教条的になりすぎたからじゃ。これがこの国の流儀に従い、つまり南無阿弥陀仏と唱えながら、首を刎ねることも有り得る、という考えが出来たなら、あたら大切な生命を散らすこともなかったであろう。迷うことは良いことなのだ」あ門はそう吠えた。

境内の外は稲妻が光り、雷が轟き荒れ狂っていた。

一夜明けた今朝は嵐もすっかり収まり、抜けるような青空であった。伊都岐島にお暇乞いをし、境内では恐れ多いので船内で十分休息を取って、三艘の大阿武船は柳井・室積・三田尻の沿岸部に沿って船を進めた。そして長府辺りでまたあのあ門がそわそわし始めた。吉郎に無理を言い、長府であ門は多量ののうぜんかずらを買い、どうしたものか蔓を捨て、花弁のみを大事そうに水に浸し始めた。船はいよいよ赤間関に近付いた。そして、壇ノ浦に差し掛った時である。あ門は突然のうぜんかずらの花弁を一枚ずつ「春は春の人となり、夏は夏の人となり、秋は秋の人となり、冬は冬の人となる」と唱えつつ海へまき始めた。不思議なことばかりすると思いつつ「どうしたのだ？」と吉郎が問うと、あ門は口に手を当て、なおも先程の呪文を唱えつつ、右指でのうぜんかずらの花弁をまくのを止めない。小半時もそんな行動を続けたであろうか？　船は壇ノ浦を通過。するとそれまで花弁をまき続けていたあ門は「ここは清盛公の四男知盛公が、源氏に敗れた場所じゃ。あれは確か寿永四年（一一八五）、甥の安徳帝を即位させ、要職に就いたが、ここ壇ノ浦で花と散り、この時二位尼は安徳帝を抱き入水した。それがここだ。近くに赤間神宮もあるはず」あ門はそう言って目を閉じた。

重複するが、このあ門は不思議な運命の人で、口之津では堵さつ人になり、蜉蝣の研究をし、体にはいつもこの虫を侍らせ、村を闊歩した。その顔は一見能楽に見る悪尉のようで、幽鬼が漂っていたという。それで後々の世まで、子供を恐怖に陥れる存在として、親の言うことを聞かぬと、「あ門が連れに来るぞ」といった具合に、いつまでも人々の心に生き続けたとか。

船は船島（巌流島）を東に見て、赤間関を通過した。そして、響灘を南へ下り、船が松浦沖へ差しかかった時である。一行はおびただしい数の船団に遠巻きにされた。その中には見たこともない大型の船もあり、一行はすっかり面食らってしまった。そしてその時である。丁度吉郎の乗った船に大きな衝撃があった。と同時に海の中からいきなり数人の男の顔が目の前に突き出た。吉郎は心臓が止まるかと思うほど驚いた。なぜ海の中からいきなり男の顔が浮かび出たのか？　種を明かせばこうである。それは船が海の色と見間違うほど、鮮やかな青の布を身に纏って、海の青に溶け込んでいたからである。そして、その顔はひと言言った。「我々にご同伴願おう」

逆らったりすれば面倒なことになる。ここは言うことを聞いておくのがよい、と判断した次ェ門は他の二艘にそう指示を出した。三艘は入江の方へと進んで行く男たちに従った。連れてこられたところ、ここも小豆島同様漁村で、ふじつぼのこびりついた蛸壺、朽ち果てた老船、破れて捨て置かれた網の山、木製の錨などが散乱し、漁場独特の潮の匂いや魚類の匂いがきつかった。

一行が連れてこられたところ、これには吉郎も、次ェ門もその他の仲間も、思わずおーと感嘆の声を上げた。道中、薔薇色の奇妙な建物が見えるなと思い思い歩いていたのだったが、今の今に至るまでこんな建物は見たことも聞いたこともなかった。外観は巻貝のさざえを巨大化した形に似ているし、あるいは古墳時代の竪穴式住居に似ている。それがあこや貝や二枚貝を磨いて張り付けているため、虹色に輝いていたのだ。

入り口から一歩踏み込むと、畳十畳程の円い土間の中央に、深紅の大円卓が置かれ、緑色の椅子が十脚程円く配置されている。一行は勧められるままに椅子に腰を下ろすと、目の前にいきなり般若・翁・媼、そして痩男の能面が怪しく息づいて、こちらを見下ろしているのに出くわした。東方に一ヵ所だけ穴がうがたれ、そこから光芒が差し込んでくる仕組みになっている。そして、やはり傾斜した壁に、ランプが幾つか灯され、炎が風に揺らめいている。それが怪しく能面を浮かび上がらせ、笑った顔、泣き顔、顰《しか》め顔、怒った顔など様々に変化し、吉郎たちを脅した。一行がすっかり圧倒されていると、上階から一人の壮年男が下りてくるのが分かった。それは一歩踏み出す度に階段が軋み、そして揺れる。してみると階段は上から荒縄で吊り下げているようだ。随分と手間暇かかったことであろう。勿論、その時駆り出された人夫たちも、随分の分け前に預かったことであろう。

「どうだ、驚いたか？」一行の上部から、悪戯っぽい笑顔で、一人の男が今彼らの前に現われた。年の頃は次ェ門と同じ、三十後半くらいだろうか。豊かな口髭を貯え、鋭利な刃物のような目鼻立ちをしている。

「この館は客人をもてなす家じゃ。異国の人間が多いゆえ、机や椅子式にした。奴らはあまり畳を好かぬ。もっとも今ではこの館は空き室同然じゃ。海賊禁止令が出て取り締りもきつくなったからじゃ。まぁ、ゆっくりするがよい」

「我らに何用ぞ?」吉郎たちが腰の物に手をかけると、壮年男の配下であろう、いつの間に集まったのか、三、四人の武士らしい者たちも、臨戦態勢に入った。だが、壮年男は少しも慌てず、両手でお互い手を引くように、それを制止し、椅子に腰を下ろした。

「まぁ、座するがよい。わしは松浦党の残党の一人で松浦与兵衛と申す」松浦党というのはこの頃、主に鷹島を根拠地とし、明と盛んに貿易を行っていた。彼らは倭寇(倭という言葉は日本のものではなく、朝鮮、中国が作り出したものである)と呼ばれ、明政府の海禁政策の網の目を縫って貿易し、つまり密貿易を行っていたが、山ばかりの段々畑と漁では食っていけない者たちが集まった、本当に質素な海賊たちであった。あるいは海賊商人といった方が妥当かもしれない。ちなみにこの水軍松浦党は二度の元寇(文永・弘安の役)で死力を尽くしたにもかかわらず、何の恩賞にもあずからなかった。ある意味では可哀相な水軍であった。

「その松浦党が我々に何の用ぞ?」

「一見してお主たちも海に生きる者たちと見た」

「そうじゃ、我らは瀬戸内海の小豆島の者。海に生きる者じゃ」

「その海の者が徒党を組んで、何をしている? どこへ行く?」

「わしらは口之津への旅の途中じゃ」

「口之津？」

「と言っても分かるまいが、島原じゃ。島原」

「おお、聞いておるぞ。キリシタンが迫害を受け、多くの民や兵が戦死したと聞く」

「それは違うぞ。正確には税の取り立てが苛酷な城主に対して、蜂起した百姓一揆じゃ。その戦いにキリシタンが巻き込まれてしまった。そういう戦いのあったところじゃ。我々はそこへ移住するため、こうして航海をしておる」

松浦与兵衛を名乗る男は少し考え込んでいたが、やがて燃えるような目付きになり
「お主、確か瀬戸内海と言うたが、村上水軍という者たちを知らぬか？」

「親戚みたいなものよ」誰かが言った。与兵衛は声のする方を睨んだ。

「その村上水軍の中に、確か村上一蔵とかいう男がいたのを知るまいか？　因島の水軍じゃが？」

「因島の村上一蔵？」吉郎は吃驚仰天した。そして
「村上一蔵というのは、わしの先祖にもおったが……」と言うと、与兵衛の目は吊り上がり、椅子を蹴って立ち上がった。

「間違いないか？」与兵衛は吉郎を睨みつけた。そして言った。

「その男はわしの先祖を斬った。仇じゃ」男は壁に立て掛けてあった矛を取った。辺りはざわめき、武器を取る者、構える者、物凄い雰囲気に包まれた。吉郎は皆に武器を引くように

諭し、与兵衛も仲間に助太刀無用の指示を出した。吉郎と与兵衛は睨み合った。一分、二分、そして五分と時は過ぎていく。次ェ門以下百十五人の人々は、固唾をのんで、成り行きを見守っている。十分も経過したであろうか？　急に与兵衛は構えを解き、矛を元の位置に戻すと、「お前だけここに残れ。逃げたりしたら承知せん」と吐き捨てるように言うと、巻貝の館―サザエ城から、どこかに消えていった。

さぁ、大変なことになった。一行は何が何だか分からぬゆえ、ただ狼狽えるばかり。

「かいつまんで話をすると……実はわしの先祖で、五代前の幻蔵という男の弟一蔵と申す者が、因島で暴漢に襲われた。その時斬った輩の中に、今の与兵衛とか申す者の先祖がおったようじゃ」

「だから仇と言うたのか？　奴がその気なら、我々とて手を貸そうじゃないか。なぁ、皆の衆」

「同じ釜の飯を食ってきたんだ。当たり前だ」

「丁度腕が鳴っていたところだ」

勝鬨の声が上がり、それぞれが自分の武具――武具とは言っても、刀は召し上げられているから、脇差や小刀《こがたな》が主で、後はもしやの時にと持ってきた櫂や漁具などの音や、人々のざわめきで、サザエ城は騒然となった。吉郎はそんな人々に感謝の念を伝え、「皆の衆の気持ちは有り難い。だがここはわしに任せてくれ」と言ったが、内心は穏やかならざるものがあった。もう間もなく目的地、口之津に着くのに、ここで殺生ごとになるのか？　一蔵や清太郎が人を斬って以来、武井家では人を斬らぬことを家訓にしてきたのに、ここで血を見ることになるのか？　刻一刻と時は過ぎていく。今は一行も引き上げた場所で（多分持ち船の中で）、心配で眠れずにいるであろう。サザエ城の中で吉郎はたった一人、忍び寄る孤独に耐えていた。日頃の退屈さと人間関係の奇怪さ複雑さ、だがそちらの方が今のこの孤独さ不安さよりずっと楽なような気がした。時は音もなく過ぎてゆく。亥の刻を過ぎた頃であろうか？　サザエ城の玄関口に、白装束に身を包んだ与兵衛が現われた。右手にランプ、左手に何やら分厚い書だろうか？　そのような物を携えている。腰には勿論大小を帯びている。与兵衛は吉郎を認めると、ついてくるように言った。

真っ暗な闇の中、与兵衛は何も言わず、足取り早く城山と呼ばれる山道を登って行く。闇の中、白装束がランプの光で怪しく揺れる。と、大きな影が時々吉郎に魔物のように襲いかかる。本能的にそれを避けようとして、吉郎は小石にすらよろける風で、ランプの光が揺れる。この瞬間、光は自分の明るい未来を照らし出すものではなく、恐怖を呼び起こす恐るべき呪物となる。そんな馬鹿な。光はいつの世（夜）も人々に進むべき道を示す、従順な下僕ではないか？　ああ。わしは何と恐るべき不信の中に落ち込んだものか？　人間は傲慢であってはならぬ。光が下僕などと……考えてもよいものだろうか？　光は希望ではないか。様々な思いが錯綜し、収拾がつかなくなっていた。何も言わぬ与兵衛の白い亡霊のような背中についていくと、ある一つの思いが大きくなる。『斬るのは今だ』思わず右手が腰の物に伸びる。

だが、その背中は恐らく刀を寄せつけないであろう。よしや、居合抜きで背後から斬りつけ、生命を奪ったとしても、今度は自分がその卑劣さゆえに、自己嫌悪を禁じ得なくなる。心は揺れる。斬るか？　斬られるか？　小半時も歩いたであろうか？　いや実際にはもっと短い時間であったかもしれない。二人は開けた場所にきた。与兵衛は近くの梢にランプをかけた。ぼんやり灯るランプの光は、この場所にかつては大規模な建物があったことを示していた。面積は五百坪くらいであろうか？

「武井吉郎！」男は真正面から吉郎を見た。この時吉郎の太刀は、船の中に隠し持ってきた仲間の一人の太刀を借りた。吉郎は相手の打って出る戦法を読むべく、まず小刀を抜いた。そして、相手に油断させ、打ち込んでくるところを、逆袈裟懸けに斬り上げる、伝家の宝刀を試みようと決めた。吉郎は今まさに臨戦態勢に入った。迷いはなかった。与兵衛も構えた。

ところがここで急転直下。与兵衛はこの時抜いた己れの太刀を、ポンと脇へ捨ててしまった。そして、地べたにペタリ座り込んでしまった。驚いている吉郎に、与兵衛は親しく語りかけてきた。

「ここは元、松浦党の本拠地、梶屋城があった場所じゃ。そなたも元寇のことは聞きおよんでおろう。その時の戦いで、焼かれてしもうた。まぁ、座れ」松浦与兵衛と名乗る男は続けた。「元は一度ならず二度もやってきた。そして掠奪を欲しいままにした。いったい幾千幾万の人間が死んでいったことか？　一度目は思ったより、こちら側の抵抗が激しかったゆえか、わりとすんなり帰ってしまった。だが、次は十四万もの蒙古人——高麗南宗の人間たちだが——を引き連れてきた。当時の執権、北条時宗公は二度目の蒙古襲来を予言し、今津から香椎までの五里にわたって、防塁を築かれた。意外やこれが功を奏した。その上台風が追い打ちをかけたので、蒙古の属国にならずに済んだ。だが、両軍合わせて幾千幾万の人々が、死んだことであろう……。松浦の者も随分死んだ」

吉郎はかつての先祖——その男の名前は武井一蔵である——が松浦の者に襲われた時、永禄三年（一五六〇）の、あの一件をいつ切り出してくるものか、と気を揉んだ。そこで「百年も前の話などつまらぬ」と鎌をかけてみた。すると、与兵衛は勘の鋭い男であるらしく「お主が今言おうしているのは、百年前の話か？」と言った。

「俺は先祖から、松浦党と名乗る男が狼藉を働いたゆえに斬ったと聞き及んでいるが……」

「狼藉かどうか分からぬが、その話はわしも聞いておる。ゆえにお前を仇と断じたのじゃ」

「何か訳はあったのか？」

「大爺は村上水軍と手を結びたかったようじゃ。そこで話に行ったのじゃったが、村上の大将はその話を断ってしまったらしい。子供の使いじゃあるまいし、そのまま帰るのも……。松浦党は貧乏しておって……忍びなかったので、その娘、確かカスミと言うておった。その娘を通じて話をしようとしたが邪魔された、と」

「わしも詳しいところは存ぜぬが、恐らくお主の話はわしの抱く思いと同じものであろう。

先祖一蔵はその男を斬ったことにより、武士の魂が地に落ちたと嘆いておった。それからというもの我が一族は、金輪際刀を抜くことを潔しとしない家訓を作った。だが、察するに、お主たちのやり方はあまりにも騒々しいではないか？」

「どうせ余所者。まして暗がりで、女に声掛けるはもってのほか。誤解の元じゃ。断られるに決まっておる。そこで手っ取り早く女を拉致して、話をつけようとしたらしい。お主の言う通り乱暴極まりない」

「そうであったか？」

「悪いことをした罰じゃ」

「身内の者を悪しく罰して合点がゆくのか？　仇は仇であろう」

「吉郎どん……」そう言って与兵衛は厚い書物を枕にして、仰向けにひっくり返った。この男は仇の前で、そういう態度に出た。それで平気なのか？　吉郎はこの胆の座った与兵衛という男に、大きな親しみが湧くのを感じた。

「吉郎どん。この書物には何が書いてあるか知っているか？　交易中に手に入れた書物じゃ。バテレンに訳してもろうたが、そりゃ吃驚ものじゃ」与兵衛は枕にした書物を指差した。

「コペルニクスという毛唐の説いた《地動説》（一五四三）という書物がこれじゃ。この書物によればじゃ。お主が信じられるかどうか分からぬが、実はこの大地は動いている、というのじゃ。全く気狂いしているように思えるが、それが真実だというのじゃ」

「何？　もう一度言うてみてくれ」吉郎は我が耳を疑った。

「この書物には大地が鞠のように真丸で、回転しとるというのじゃ」

「まさか？　そんなはずは……。現に目も回らぬではないか。立っておっても倒れぬではないか……何を馬鹿な……」

「そう思うのが普通。だが、お天道さまが回っているのではなく、大地が回っている、全く逆の考え方なんじゃ。真丸の大地が物凄い勢いで、お天道さんの周りを回っておる。大地が大きいから、それが感じられぬだけなんじゃ」

「……」

「どうだ、吉郎どん。驚いたか？　それを知った時、ああ、人間はいかに小さい存在であるか。その小さき者がゴタゴタと、ああでもない、こうでもない……馬鹿な思いをし、行動している。そして戦い争っている。阿呆臭くなったのよ……。ところで吉郎どんの大事なものは何じゃ？　家族じゃろ？　お主のお父上、ご母堂はどうしている？　別れてくる時は辛かったであろう？　家族は温かく和気靄々《わきあいあい》としとるじゃろ。それを大事にせにゃいかんと思うようになったんじゃ」

「大地が丸いとか、動いているとか、訳の分からぬ……」

「そうじゃろ。だから人心を惑わせる〈キリスト教関係書物の輸入禁止〉となった。寛永七年（一六三〇）のことじゃ。この書物は秘かに隠し持っている。見つかったら獄門じゃ」

澄み切った夏の空が天の川を淡く、幻想的に浮かべ果てしなく広がっている。

「広いなぁ。何と綺麗な空じゃのうー。その下で色んな人間が、様々なことを考え、色んな生活をしている。何も殺し合うことはない。果てのない世界では敵も味方もあろうか？　皆兄弟姉妹じゃー」

「それで良いのか？」

「刀など要らぬ。人間はもともと何物かを持って、生まれて来るものではない。ただ頭が発達しているから、要らぬことまで考えよる。だが、必要なもの不必要なものを識別出来るのも人間。時には迷うがな。迷ってさ迷い、真に生きる道を探して、邁進してゆくのも人間。いや、大自然がそう仕組んでいるのじゃ。人間は待ち望まれて生まれてくるものじゃ。そういう意味で、人間は祝福されて生かされているし、生きていくのじゃ。生命は大事にせにゃいかん」与兵衛は起き上がった。そして
「明日出立なさるのか？　これより島原は目と鼻の先じゃ。心して行かれよ」

「かたじけない。何から何まで世話になり、また、吃驚するようなことまで承り、目から鱗が落ちるようじゃった」

「達者でな」

その日は新月の星のふるような晩であった。

二人の頭上を一筋の流星がよぎった。

第四章　いざや！　口之津

松浦を出た船は難所とされる長崎早崎鼻の瀬詰に差しかかった。「これが音に聞いた早崎瀬戸か？　なるほど、波がうなっておる。皆心せよ。横波食らわんよう気をつけよー。力の限り櫓を漕ぐんだぞー」次ェ門は身振り手振り、あらん限りの声で叫ぶ。どうかすると、船が大きく横に傾き、沖の方へ流される。波に身を流されながらの横断である。「こんな潮の早いところは初めてだ」皆の体は緊張と恐怖で凍り付いたようになる。それでもここを何とか乗り切れば、目指す口之津はすぐそこにある。そして櫓を漕ぐこと数十分。三艘とも瀬戸を無事乗り切った。

やがて吉郎をはじめ、次ェ門を隊長とする大阿武船《おおあぶせん》三艘の乗組員に歓声が上がる。新たな緊張が走る。この緊張は『これから』の新天地に挑む、男たちの心意気を含むものでなく何であろう。吉郎は片手を額にかざし、間もなく着岸する港を眺め回した。

次ェ門は言った。「これは良港じゃ。波は穏やかだし、水深もかなりある。これだったらどんな大船でも入港出来よう。どうじゃ、吉郎どん」

「うむ！　内心わしはあるいは十字架の刑や獄門に使われた材木、荒縄などが浮き荒んだところと呉牛月に喘ぐ思いであったが、とんでもない。そんな兆しはさらさらない。それに水質は良いし、第一海底に岩がひとつもない。これならすんなり入港出来るぞ。なぁ皆の衆！」

再び大歓声が湧き、が然船脚は速くなる。

「杞憂じゃった。わしは死屍累々、飢え、渇き、そして生きる人々も人肉をむさぼり食うほどの惨状を呈しているところと思っておったに、杞憂じゃった」誰かが言った。いや、それは人々の心のどこかに、引っ掛かっていた本音かもしれない。

「見てみろ、大勢の人だかりじゃ。女が多いのぉ。男もおるぞ」誰かが言った。「おお、働き手がおらん、と言うこっだったが？」何となく厭な予感が皆の心に起こった。そうこうしている間にも、船は上陸態勢に入り、やがてはしごが下ろされた。次ェ門以下百十五人は一人の落伍者もなく無事、口之津の土の上に降り立った。上陸してほどなく、この地の長老らしい白髪の老人が現われた。

「頭はどっらじゃろかい？」老人は面食らいながらも、そう言った。

「吉郎どん、お主が行きなされ」次ェ門は吉郎を老人に引き合わせた。

「わしは武井吉郎と申す者。この度幕令により、はるばる二百里の海を渡り、小豆島より参り申した」疲れも見せず吉郎は、そう言い、書状を渡した。書状を読んでいた長老は何故か顔を曇らせ、取り巻きの一人に何やら命じた。そして
「わしはこの村の長、末満長次郎と申す者。書状確かに受け取り申した。これより早飛脚を島原まで走らせる由に、暫らくお待ちくだされ」と言った。
この頃、幕府より、口之津の復興を任された人物は高力摂津守忠房といい、西九州初めての譜代大名で、島原城にあった。彼は荒地においては税を免除するとした『作り取りの制度』を設け、肥後藩・薩摩藩・肥前藩などから移民を募った。また、高力は長崎奉行と共に、鎖国後の長崎警備の指揮の役目も負ったが、二代目藩主高長を最後に三十年で幕を閉じた。
さて、早飛脚は三日後には高房の書状を持って、村の長、長次郎の元へ帰ってきた。長次郎はそれを見て愕然とした。書状には「そちの思いのままに」としか書かれていなかった。高力はもはや口之津には分け与えるような土地はないと知っていた。長次郎は頭を抱えた。さんざん悩んだ挙げ句、それでも返答しない訳にはいかぬ。それから三日後、長次郎は次ェ門に集合するよう、使いをやった。船の中で寝起きしていた人々は、遅い返事にやきもきしていたが、やっとの使いに小躍りして喜んだ。百十五人の中から、次ェ門と吉郎の他八人が代表で長次郎の家に赴いた。喜び勇んで長次郎の家に着いたが、長次郎の家は藁葺き家で、粗末なものであった。家に着いた十人に、長次郎は言いにくそうに、暫し口をもごもごさせていたが、ついに口を切った。「実はのう……今は乱からかれこれ十年も経ち、この地はそれ

なりに復興してしもうた。実は高力様、ここの領主ばってん、そんお人が「作り取りの制度」ちゅうもんば作ったら、近隣の藩から、それでは、ちゅうことでどんどん人が入ってきて、そん結果逆に田圃も畠も足らぬようになってしもうて、移住したいと願って来る人を断っとるような状態たない。特に大村藩のお人が来た時は、移民返せ戻せの大抗議が起こった」と真に申し訳なさそうに頭を垂れた。

「すると、わしらはもう要らぬ、厄介者と……」誰かが叫んだ。「そんな馬鹿な。信じられん」「わしらは二百里からの船旅をしてきたんじゃぞ」

「すまんばってん、もう田圃も畠も分けてやるものはなか」

「では、わしらはどうすればよいのじゃ……」後は言葉にならなかった。「まさか、手ぶらで引き返せ、と言うんじゃなかろうな」「そんなことは出来んぞ。今さら手ぶらで帰れる訳がねぇ。子供の使いじゃないのじゃぞ。わしらは命がけできたのじゃぞ」「そうだ、そうだ。絶望的な思いを何回したか、知っているのか？」「わしらは絶対引き返せない、引き返してはいかんのじゃ」「それは死ね、ということと同じじゃー」

「隊長、一体どうすればいいのじゃ」

「…………」

「隊長、何とか言うてくれ」ほとんど涙声である。

腕組みしてしきりに考えていた村長、長次郎は「山及び荒地はある」と言った。「山？」その声に隊員の全ての視線が、長次郎に集まった。「山を開墾すれば、食うに困らぬくらいの、禄高は得られよう」

「何？　山か？」誰かがため息混じりに言った。

「山の開墾が終わるまで、どうして食っていけばよいのじゃ？　一人や二人の人数じゃないんだぞ」

「それは心配なか」長次郎は言った。「高力様も事情は知っとらしけん、その方が責任もたすじゃろ」

「なるほど、山か？」それまで押し黙っていた次ェ門は「山なら開墾して、畠くらいは作れるかもしれん。それに木を切り出して売れればいい金になる。そしてその費用で、人を雇って畠作りに駆り出せば、何とかなるんじゃなかろうか？」と提案した。

「それに、海の資源もある」

「そんなに何もかも一度に出来るかい」人々の顔にほんの少しだけ明るさが戻った。だが、

「ああ、これなら小豆島にじっとしていた方が良かったな」本音を洩らす人もいた。

やっとほっとしたところへ、長次郎の肝煎りで酒が振る舞われた。

大阿武船の甲板の上で吉郎は、まず何をすべきか、両の手を枕にして、仰向けにひっくり返り考えていた。まずは先祖に、口之津に無事に着いたことを報告すべきである。その証と

して〈闇法師塚〉を建立しなければなるまいと吉郎は考えた。いつぞや武井一蔵の夢の中に現われた白装束の虚無僧のお告げを実現すること。『彼の地にわしの碑を建てよ』一蔵の夢の中での天の声の実現である。小豆島に忽然と現われた霊が、指し示した彼の地とは、実に二百里も離れたこの地、口之津であったのである。それから寄り合いで、各々開墾する山を決め、必要最小限を除き、草木を開拓予定地でない山に移植する。悪戯に草木を傷付けてはならない。山崩れや地滑りを起こす元にもなる。では肥やしはどうするか？　それにはまず大豆をたっぷり植え（大豆は空中窒素を固定するから、根からの養分が希少な荒地にも育つものである。だが、吉郎はそんな理屈は知らない。ただ経験上そうなのである、と思っているだけである）、収穫後、それを焼いて肥やしにすればよい。その後に麦や粟を栽培し、これも収穫後、つるや麦藁を焼いて、施せば良い肥やしになる。ああ、それから糞尿も大切な肥やしである。何物も無駄にはならぬ。宿泊所も船の上じゃ、面白くない。窮屈だ。幸い茅や小枝が豊富、それを組み合せ、屋根の部分に船の帆をかぶせれば、少しの雨露くらいはしのげる小屋にはなるじゃろう。食うものは村長の長次郎に頼めばよい。高力摂津守のお墨付き。

大方もそういう考えであろう。

菰を取り払うと、満天の星空。星空は故郷、小豆島に繋がっている。今頃身重だったおはまはどうしておるじゃろう？　やっぱり、この星空を見上げているのじゃろうか？　わしのことをつれない男だと思っておることじゃろう。

だが、結果はどうあれ、一度は勝負しなければならぬ。全く無からの生活が今、この瞬間だ。おはま、五体満足のわしの子を生んでくれ。どうかそれだけでよい。わしは必ず成功してみせる。そしたらその時、おはま、お前を迎えに行く。この美しい地で一緒に暮らそう。それまでの辛抱だ。吉郎はすっかり感傷的な気持ちになっていた。

翌日。吉郎は早速〈闇法師塚〉の建立に取りかかった。こんなこと、全く不案内。文字通り手探りで事をためさなければならない。

口之津の地層の表面は主に玄武岩でできている。細粒、緻密で塩基性の火山岩である。玄武岩は固くて強い特性を持つ。まず大きさは等身大、形の良いものを物色。それを大八車で野間水と久木山部落の境界近くに運び、穴を掘り、石の五分の一くらいを土に埋めた。そして、表を東向きにし、そこに【白装束虚無僧殿碑】裏面に【一六四九年。百十五名。小豆島】と記した。そして、その横に茅葺きの粗末な小屋も造った。もっとずっと後に粗末な茅葺きから、流造の立派な御社と化身するが、現存はしない。

二回、三回……と、寄り合いは続き、それでも話はまとまらず、とうとうくじ引きで所有する土地を決めることになった。その結果、吉郎は久木山・長谷・唐蛮先と、そして白浜の海辺の砂地の一区画を獲得した。合計して二反くらいになろうか？　田圃は全く手にすることが出来なかった。

吉郎は、久木山《くぎやま》という地名の場所に、小枝、笹竹や茅を使って、簡単な小屋を建て、そこを根城にして、毎日朝早くから夜遅くまで、まずは根城近い久木山の開墾に汗を流した。開墾は想像を絶するものがあった。何本もの木を切り倒し、その根っこは言うことを聞かぬ暴れ牛に鞭を打って引っこ抜き、それらを集めて火入れをし、作物を植える準備をした。作付け面積はあらかじめ決められていたので、その他の区画の植物は出来る限り、傷付けないように気を遣った。お陰で手足は傷だらけ、顔は真っ黒に日焼けし、目は異様に輝きを増し、衣はボロボロで、裸同然であった。しかも少しでも手が空いた日には、真乗寺——このお寺は慶安四年（一六五一）、通津山真乗寺となり、芳沢超山開基となった——開山の苦役もあったので、文字通り寝る間もなかった。

そんな繁忙を極める吉郎の姿を、一人の女が見守っていることを吉郎が知る由もなかった。

女は吉郎のすぐ近くの畠で草刈りをしていた。仕事に精出すその姿を、もう何日もの間観察していた。いや、注意深く目を凝らしていた。それも相手に悟られないよう、そっと、そして強く、それが本物かどうか、若い女人は得てしてそういうところがあるのである。そんなある日、女は弁当だと言って握り飯、それもたっぷり米で握ったものを持って吉郎の作りかけの畠へやって来た。

「えっ？　良いのか？　米の飯なんかもう何年も食うとらん」吉郎は覚えたての口之津弁をぎこちなく使った。女は黙って微笑んだ。吉郎は女が勧める大きな握り飯三個を、瞬く間に食ってしまった。

「名前はなんと言う？」掌に付いた米粒を、唇で拾いながら聞くと
「うちは、おつね」と短く答えた。

「そうか良い名だ」と褒めると、ちょっと肩をすくめた。

「食い終わって何だが、何で握り飯などくれた？　お前の家も米の飯を食うほど、豊かではなかろうが？」

「……ばってん、うちはもうすぐ結婚するけん、税をまけなんせて嘘を言うて、年貢を少しか払っとらんけん、米はいっぱいあると」

「ばれたらまずかど、そがんこつ」

「大丈夫て。お上は一人でん多くの人間が欲しかと。そるも百姓する人間が。勿論、年貢が欲しゅーてたまらんけんたね」

「そうか、年貢欲しさゆえか？」呟くと、おつねは微笑みながら立ち上がり、土手に生える雑草を引き抜くと、草笛を吹き出した。が、吉郎には何の曲か分からなかった。それが分かったのはずーっと後のことである。年頃の女の吹く笛の音は、何と甘く切ない曲が多いのだろう、と吉郎は改めてその細い姿に目をやった。

「あんたはどこからきたと？　詳しゅう教えて」女は問うた。

「わしらか、わしらは小豆島……と言うても分からぬか？　ここから東へ二百里も行っところにある、小さな島からきた。小さな豆みたいな島じゃけん、小豆島という。幕府のご命令

でこの地へやって参った。島原の乱で大勢の人々が死んだと聞いていたが、何の何の男衆も人々も沢山おるではないか？」

「うん。口之津のじげ（地元）の者はほとんどおらんばってん、「作り取りの制度」が発布になったら、あっちこっちの藩から、大勢の移民がやってきた。特に大村藩からの移民は、『移民返せ戻せ』の大騒ぎ。そして、乱後十年も経てば、復興も十分進んだ。じゃけん、土地の所有者も粗方決まって、あんたらの畠は山か、どうにもならないような荒地になったとじゃろ？」

「何が何でも無一文では国には帰れぬ。だからそれに甘んじておる」

「ばってん、あんたは大したものじゃわ。草や木を大事に考えとる」

「何？　見ていたのか？　俺が草木を抜きっ放しにせず、他の場所へ移し替えておるのを」

「初めは何ばしよらすとじゃろかい、と不審に思っとったばってん、すぐ気付いた。あんたは優しか男だね。ばってん草木は引き抜いて積んでおけば、腐ってよか肥やしになるとど。そして作物に吸われて新しか生命に生まれ変わっと」

「それがずーっと、引き継がれてゆくのか？」

「そうそう。……。そんならうち行くけん」おつねは立ち上がると、草笛を吉郎に渡し、走り出した。軽やかな羽のようだ、と吉郎は思った。

「握り飯ありがとーなー」吉郎は丘を駆け下りていくおつねに手を振った。

それからというもの、おつねは握り飯は言うに及ばず、芋で作った茶巾絞りや干し魚にみな（にな）、あわびにさざえ……。色んなものを届けてくれた。そして、ある日おつねはいぎすという料理を届けてくれた。

「いぎすはここ以外にはどこにもなか……。だって、大村からきた人も知らんかったもん。この地域だけのご馳走ばね。珍しかとよ。祭りの時だけの呼び物たね」と言いつつ、吉郎に食べるように勧め、自分もまた一切れ口に入れた。

「これはどのようにして作るんだ？」と聞くと、おつねは

「海岸で取れるいぎすていう海藻ば、一晩中水に漬けとって、今度はそれににんじん、ごぼうを入れて、米の汁で煮詰め、木枠に入れて寝かせ、プリンプリンになったところで、出来上がり」「そうか」と言うと吉郎も一切れ口に入れた。そんな吉郎の顔をおつねは嬉しそうに見つめている。

「あれ、まずいなー。これ水っぽくて口に合わねえ」吉郎は口の中のものは飲み込んだものの残りはおつねに押し戻した。

「慣れたら旨かと。これが旨かと思うようになったら、あんたも一人前の口之津人たね。今のあんたはまだ余所の人」そう言いつつ、土手に腰掛け、両手を後につきつつ、幸せそうに青空を見上げた。と、そのだらり垂らしたふくらはぎにである。突然激痛が、そしてそれは稲妻のように全身を貫き、瞬間おつねは弾かれたように飛び上がった。

「うわ、ひらくち（まむし）だ！」叩き殺す余裕などなかった。その時の吉郎の行動は素晴らしかった。自分の汚い衣を引き裂き、おつねの心の臓に近い左ふくらはぎを縛り上げた。そして、おつねのふくらはぎの傷口に、自分の唇を押し当て、毒を吸い始めた。この時おつねには男の月代しか見えない。それが何を考え、見えないまでも男の唇がどうやって、毒を吸い出しているのかは、想像はついたが、まるっきし見ることは出来ない。『この人はうちのために……。この人がいなかったらうちは今頃激痛にのた打ち、死んでいることであろう……』痛みや腫れは続いたがやがて恐怖は遠退き、おつねの心に生きている、という感覚が改めて湧いてきた。

「有り難う、有り難う」おつねは泣きながら何度も言い、吉郎の頭部に頬ずりをした。やがて吉郎はおつねの顔を窺い熱はないか、額に右手を当てがった。

「大丈夫か？」

「大丈夫」思わずおつねは吉郎の唇に激しく熱い唇を押し当てた。

「お願い、お嫁にして！」唇を離すと、そんな言葉が口をついて出た。だが、吉郎は首を横に振った。

「わしには小豆島に身篭もった許婚がいる」

「知っとる。次ェ門どんに聞いたけん」

「それなら苦しめるようなこつ言うな」

「だけど、あんたはうちの生命の恩人。放っといたら罰かぶる」

「放っておいてくれ」男は女の左ふくらはぎに巻き付けた、布切れを慎重に外した。

「せめて飯炊きくらいはさせてもらいたか。これから毎日あんたんところに飯炊きに行く……。それなら良かろもん」

「………」

それからというものおつねは吉郎のために、甲斐甲斐しく働いた。茅で葺いただけの粗末な掘っ建て小屋に、よく味噌汁の良い匂いが漂ったし、野菜を刻む俎の音。そして、何よりも掘っ建て小屋からは楽しげな笑い声が漏れてきた。荒く葺いた掘っ立て小屋の隙間から天の川が見え、月も見えた。月は二人に温かい微笑みと憩いを与えてくれた。

吉郎はおつねを七つ半（午後五時）には、家へ帰していたが、それが五つになり、四つ半（午後十時）になる、そのうちにしばしば、そのまま泊まる日も出てきた、「親御さん。どう言っとる」甘い吐息をおつねのうなじに洩らしながら問うと、「何も言わん。いつもと変わらずニコニコとしてる」「そうかそうか、それを聞いて安心した。ばってん内心は心配しておらすじゃろうのう。わしが余所者じゃけん」

「ううん、口之津は余所者の集合体じゃいけん、そがん考えたら危のうて、生きていけん」

「大らかじゃのう」

「じゃいけん、生きていけるとたね」

「そいばってん、やっぱ親御さん、特に親父さんは心配しとらすじゃろ。何しろ父親にとっての娘は、最後の女みたいなもんじゃいけん」

「心配なかて。二人とも明日の生業のことで、頭がいっぱい。うちんことなんか考える暇などあるもんね」

「ばってん、高力様はもう乱には、懲りとるじゃろけん、そがんひどか取り立てもすまい」

「年貢が減ったけん、その分、櫨《はぜ》を植えさせよる」

「蝋燭を作らせる気だな」

灯っていた蝋燭がジュジュといって今消えた。と、入れ替わるように月が雲間から顔を出したのだろうか、掘っ建て小屋は蒼く彩られた。その光の中でおつねの浅黒い顔が、青白く妖しく輝いた。とても上出来の愛とは言えないが、吉郎はおつねをきつく抱いた。そして、逢瀬を重ねているうち、小豆島で帰りを待つおはまの存在が、少しずつその存在を主張しなくなっていった。そして、このことが自然な出来事なのか、不自然な出来事なのか、判明しないままおつねは懐妊した。こうして実らせた愛は、男児を出産させた。男児の名前は吉郎の吉とおつねのつねから、吉常と名乗らせた。「随分強かごたる名前たね」とおつねは愛しげに我が子に乳を与えている。「男は戦わねばならぬ。自分自身とだ」吉郎は笑いながら言った。

ある日吉郎はすまなさそうにおつねに言った。

「おどみゃ（わしらは）婚礼も挙げんと、子供を作ってしもうた。世間のいい笑い者になっとろう？」

「うんにゃ、そがんこちゃ（そんなことは）どがんでんよか（どうでもいい）。おとっさんもおっかさんも『お前は一度死んだ人間。先様のよいようにせにゃいかんとぞ』て、言うとる。ひらくちに噛まれた時、うちはもうとっくに死んどる。こうして生きとるのは、あんたのお陰たね」

「ばってん、式だけはせにゃ。式を挙げんと子供生んで、順番が違うけんいやな？」

「そがんこちゃなかばってん、式を挙げるには銭が要る」

「今はわしも金はなか。ばってん、次ェ門どんに借りればよかろもん」

「他人と金の借り貸しはようなか」

「そがん余計には借りれんばってん、少しくらいは何とかなろう」――という訳で、内輪だけで三三九度に相なった。

おつねの両親は娘の生命を、救ってくれたことに、何度も何度も礼を言い、自分の使っている舟まで提供してくれた。そして話が早崎の瀬詰のことに及ぶと、おつねの父は面白い話をしてくれた。

「おたつ瀬」という話である。

何でも早崎海峡の沖に、大潮時の干潮の時だけ、顔を覗かせる岩があるという。そこで鬼に似た面持ちのおたつという女が、何やら得体のしれない化物と格闘するのだという。おたつは深い海の底に潜り、十数分後に海面に顔を出し、何やら巨大な物体を桶に放り込んだ。その桶の大半が沈んでしまいかねないほどの巨大なものを引っ提げて、おたつは大屋にある自分の家に持ち帰った。そして、恐ろしい顔をしてニタリと笑い、次の日もやってきて同じようなことをして、七日が過ぎた。そして八日目のことである。おたつはいつものように、化物と激しい戦いをしたのであったが、この日は事情が違った。おたつは海の底からなかなか顔を出さない。激しい波飛沫と渦が何時間にもわたって続いた、と思いきやぽっかりとおたつの変わり果てた体が浮かんできた。その体には浅黒い大きな吸盤の後があったという。それからというもの、毎年盆の十六日になると、髪振り乱し悲しそうな顔をした、おたつがなにやらぶつぶつと呟きながら、大屋の自分の住まいの方へ歩いていく姿が見られたという。

これがどういう意味合いのものか、よくは分からぬが、悲しい結末は日本人の悲話好みを、そしてまた、そうした結末をどこかに期待している日本人の心がよく表われている、この話に吉郎は痛く感心した。と同時に、余所者の吉郎にこういう親しげな話をしてくれる口之津の人間、例えおつねやおつねの両親が同じ余所者であっても、それは先輩として、自分に好意を寄せてくれる人がいることが、吉郎にとっては大きな心の支えとなるものには違いなかった。小豆島からきた仲間はもとより、おつねやおつねの両親、それにこれから触れるおつねの兄、そして息子の吉常。かけがえのない人々、どこでどう世話になるか分からない。だから邂逅を大事にせねば……。辛い濁り酒を口に運びながら吉郎はそんなことを思うのであった。

おつねには一人の兄がいたが、非常に無口な人で、こちらからの話には応じてくれるが、自分から話すことのない受動的な人であった。だが、彼の口元には人に親しみを覚えさせる何かがあった。

「恐い顔しとるけど、悪い人間ではなかとよ」おつねはそう言って、紹介したものである。

「酒は強かごたる」吉郎が返杯すると、喜んで受け取るが、式のほとんどの間、独り黙々と手酌酒をしていた。地方には概してこういう人は多い。

「雄弁は銀、沈黙は金」という言葉通り「男は年に三口」の人であった。

「気にすることなか」おつねは兄に気を遣っている——誰が作ったかしれない、言葉は借り物。この人はそんなことを思っているのだろうか？　ひょっとしたら、喋れば金がかかるとでも……。

一生に一度の晴舞台。吉郎は正直におつねが美しいと思った。毎日南国の太陽に焼かれ、生傷を作り、野良仕事や魚の行商に忙しいおつねの持つ、また、隠れた一面を発見したようであった。女は笑顔の裏に魔性、妖気を持っている。それは生命力の強さの反動でもあるのだろうか？　生命を生み出すしたたかさゆえであろうか？

吉郎は泣く子に乳を与えている、大らかなおつねの睫毛のその下で炯々《けいけい》と輝く黒い瞳を、高からず低からずの形の良い鼻を、そして椿花の蕾のような口元を、今夜しみじみと見た。小豆島のおはまはどうしておろう？　吉郎の頭をおはまの影がよぎった。

この頃になると、一生懸命働いたお陰で、吉郎も久木山・長谷そして唐蚕崎に、合計二反程の畠を所有し、小麦を作ったり、粟、稗、芋などで、何とか我慢すれば、食うだけの生活が出来るようになった。だが、百姓は自分の食い扶持を得るために、一日中働かねばならない。食うために生きている――と言わざるを得ない。例えば、小麦を収穫しても、すぐに口に入る訳ではなく、筵に広げて天日に干して、唐棹《からさお》と呼ばれる道具で叩いて実を落とし、それを粉にして団子を作るといった具合に、非常に手間暇かかるものなのである。それを毎日繰り返して、その日の主食としなければならない。それをやり出したら、一日はあっという間に過ぎ去り、他のことは何も出来ない。吉郎とおつねの場合も、交替で麦打ちを行い、夕食後暗くなるまでの幾許かの時間を、蓑を編んだり、草鞋を作ったりして、自給自足の生活を営むことになるのである。そして、暗くなれば昼間の疲れで眠りに就くといったことの繰り返しになる。ただ朝は早い。七つ（午前四時から五時）にはもう起きて、昨日のし残しを済ませたり、野良仕事に出かけることになる。

今おつねは赤子を背負い、夕飯の支度をしながら、子守歌を小声で口ずさんでいる。

〽ネンネ　ネンネ
ネムレヨ　吾ガコ
ネムレバ　甘イ砂糖アゲヨ
眠ラニャ　赤鬼食ニクル

「それは何の歌な？」

「子守歌。赤鬼って異人さんのこつ」

「そうか、ええ歌じゃ。こちらまで眠くなる」吉郎はひとつ大欠伸をした。

「今日は久しぶりに米の飯じゃ。次ェ門どんが一升くだすった。あん人は金持ちだねえ」

おつねは笑顔で吉郎を見た。

「あん人は田圃を手に入れたからにゃー。そのうちわしも田圃ば手に入るっぞ」

「うちにゃ畠ばかりしかなかよ」

「じゃけん、何とかして手に入りゅだい」

「あんた、無理するんじゃなかよ」

「そのうち、毎日米の飯が食えるようにしゅうだい」

「うんにゃ、うちは今のままでよか。あんたの作る旨まか麦や芋でよか」と言うと、再び子守歌を口ずさみ始めた。

吉郎は暮れなずむ夕日が揺れているのを、横になって見ていた。が、こうして掌からこぼれるような幸福を味わう二人の、いや三人の日は暮れていったのであるが、このさじ一杯の幸福を妬むもののけは、いつの世にも手ぐすね引いて待っているもので、この頃から再び幕府の年貢は復活し、吉郎は麦・大豆・芋などを米に置き換えて、納税することを余儀なくされた。それは直接に吉郎たちの家計を圧迫し、働いても働いても生活に余裕がなくなり、ある夜などグテングテンに酔った吉郎が、夜遅く帰ってきた。滅多に酒など口にしない吉郎がこのざまだったので、おつねはすっかり面食らい、「水、水」とせっつく吉郎に、柄杓で水を与えながら狼狽えた。

「くそ、畠を一枚取られてしもうた」水をがぶ飲みし終わると、吉郎は柄杓を乱暴に放り投げた。

「一体どがんしたと?」負ぶわれて泣く吉常をあやしながら、おつねが問うと

「畠と田圃を賭けて負けてしもうた」

「なんね、あんた。この間田圃はいらんねと言うたばかしじゃなかね」

「人並みに米の飯、食わしてやりたいのよー」

「ううん、畠だけでよか。米の飯は食わんでんよか。あんたさえ満足してくれたら、それでよか」

「お前のそういう態度が好かん。人並みに米の飯を食わせておくれ、と言えんとか?」

「うんにゃ、あんた。うちは麦飯でよか。あんたさえそれに我慢してくれれば……」

「ふん、馬鹿め。こんお人好しが」

「お人好しはあんたじゃなかね。何で相談してくれんと」

「どっかで決断せにゃ、いつまでも麦や粟しか食えんじゃろが」

「そんなら、なして博打なんかして、手に入れたかと。金ば貯めて、買い取ればそれでよかじゃなかね」

「そんな長丁場は好かん」

「博打で手に入れたって、また博打で持って行かりゅうもん。あれだけ苦労して手に入れた畠じゃなかね。そんな安っぽいもんじゃなかろうもん」

「うるさい」

「すぐそうやって負け惜しみをする」

「うるさい、黙れ！」

「負けたことを悟らんね。負けたことは仕方んなか。これからどうすんのか？　そのことを考えんね。背中には子供もおっとよ」おつねはそう言いつつ障子の向こうへ消えた。

『悟る……。……？　真乗寺はどうなっとろか？』ぶつつきながら吉郎は、この時初めて座禅を組んだ。『まだ一反残っとる。これだけ残っとったら、何とか食ってはいける。全部取られんでよかった。ばってん一反取られたのは痛かった。やつ（おつね）の言うように、金を貯めて、せめて取られた分だけでも、取り戻さんと気が済まん』
酔いも手伝って座禅を組んだまま吉郎は眠ってしまった。それがいけなかった。吉郎はひどい悪寒におそわれ、高熱を出してしまった。悪いことは重なるもので、この日の夕刻、小豆島出身者の寄り合いがもたれたのである。吉郎はどうにか出席したにはしたが、うつらうつらして聞く重大な話が、ほとんど右耳から左耳へ突き抜けてしまったのだった。それで『故郷小豆島への緊急報告』という意見がアもウもなく、採決・決定されたと知った時、吉郎は戸惑った。今の自分の姿を、故郷のおはまや生まれたであろう自分の子供に、知られたくなかった。後日、吉郎は隊長として労してくれる次ェ門に――今の自分は田圃も畠も十分に手に入れ、自分の人生は順風満帆である。近いうちに迎えに行くから――そう伝えてくだされと頼み込んだ。くれぐれもこの地に妻子がおることは伝えてくださるな、と念を押した。

村人が協力して行った田植えも済み、皆が一服した頃、次ェ門は十四人の村の衆（勿論皆小豆島の出身者であるが）は麻・漆・油そして蝋燭といくばくかの土産を積み、開山したばかりの通津山真乗寺にもお参りを済ました。

湊を離れていく口之津丸の船中で、次ェ門は昨夕眺めに行った久木山の夕日のことを思い出していた。

水平線の彼方に真紅の太陽が、眩しく輝きながら崩れ落ちてゆく。それに向かい次ェ門はふと手を合わせた。今まで太陽に向かって、合掌などただの一度もなかったのに、である。『妙なことを……』と自分のふしくれだった指を見つめながら呟いた。

いよいよ口之津丸出帆の日である。

浜には多くの小豆島出身者や、物見高い人々が見送りに集まっていた。勿論吉郎とおつねの姿もあった。人々は十四人の乗った大阿武船より、二周りも小さい小船がすっかり見えなくなるまで、見送っていた。波戸ではこれから先の旅の不運を予感させるかのように、一羽の真っ黒な鳥がひときわ高くギャアーと鳴いた。

二百里の航海の末着いた故郷、小豆島。白砂の渚も、近くの松林も、そして停泊している小船も、従前と何の変化もなかった。口之津目指して出帆した日、そのままの姿がそこにはあった。次ェ門にはそれが何より嬉しかった。次ェ門他、十三人は船が渚に着くか着かぬかのうちに、海に飛び込み故郷の海の匂いや味、そして砂の感触を全身で味わった。「やはり故郷の海は温かい。それにこの塩の味はどうじゃ？　甘い砂糖のようじゃ」と疲れも忘れて、子供のように海水をかけ合い、ふざけあった。

人々は結団式を行った戎さんに、手を合わせ暫らくその感慨に浸った後、各々自分たちの古巣に戻っていった。そして、その夜は当然遅くまで家々の明かりが消えることはなかった。

こうして面々が喜びに浸った翌日、次ェ門らは再び戎さんの前に集まると、手分けして、移住した仲間の家を訪れ口之津での苦労話（移住した時期が遅かったために、田畠がなく山焼きをして、畠をこしらえなければならなかったこと）や、現状報告をして回った。そして、その度に酒が振る舞われ、次ェ門と他の付き添いが、最後に寄ることになった吉郎の家では、ほとんど酩酊状態であった。それであれだけ吉郎に口止めされていた一件を、口に出してしまったのである。すなわち吉郎に女が出来、その上子供まで生まれ、婚礼を挙げたこと、博打で大損したこと……。

「本当かえ」おはまに迫られた次ェ門は「いや、これは酔った上での粋狂じゃ……云々」と誤魔化そうとしたのだが、おはまの懐疑心は深まるばかり。

「吉郎どんに限ってそんなことはなか。あれは他の者のことだった。すまんすまん。酔っているもんじゃけん、判断力がひどく落ちとる。なぁ、皆の衆」付き添いの仲間に同意を求めるのだが、一度表に出た懐疑心というものは、もうおはまから拭い去ることは不可能であった。

ついにおはまは新一郎、文子夫婦の制止にも耳を貸さず、子供と一緒に同乗させてくれるよう、頼み込んだ。「女、子供は危ない」とさんざん考え直すよう、おはまに言うのだが、頑として聞き入れず、航海の安全には女の黒髪が良いのだから、最高のお守りになるではないか？　と次ェ門の無事な帰路を案ずるかのようなことまで言い出す始末。

「うちも海の女や。海女さんよ。櫓ぐらい漕げるし、男には負けへん」

「しかし、……二百里もあるし、一ヵ月もかかるとぞ」

「これから口之津へ行こうとする女、子供も多くなる。そのためにも、どんな航海になるのか、体験しておくのも必要じゃ」

そう言われては次ェ門はひと言も無くなった。おはまの他にも口之津で早く夫、恋人と暮らしたい、と願う者は多くいた。その者たちには今回は状況報告だけだ、と断ってきたところであった。だが、いずれ家族と一緒に住みたい、と願う人々をどうやって安全に口之津まで運ぶのか、それは大きな問題でもあった。特に女、子供、それに老人をどうするか？ 結局おはまの申し出は止むを得ぬこととなった。

口之津では吉郎たちが次ェ門一行の帰りを、今か今かと待ちわびていた。特に吉郎は毎日、決まって六つ（午前六時）には港まで足を運んだ。そんなことが一ヵ月ばかり続いた頃であろうか、妙な噂が吉郎の耳に届いた。というのは嵐が過ぎ、壊れたものの復旧作業も終えた十日ばかり前のことである。長崎の平戸沖で、小船が遭難したらしいというのだ。噂の出所は平戸の隠れキリシタンであった。隠れキリシタンとは秀吉の禁制を避け、洞窟や穴蔵に隠れて、キリスト信仰を続けた人々で、外海・平戸島・五島列島に多く、その数三万ともいわれ、お水役、聞き役などの組織があり、オラショという祈祷文を伝承し、家には仏壇や祭壇もあるが、秘かに聖画像を祀り、神道や仏教に改宗せず、教会にも帰属することなく、独自の信仰をしている人々のことをいうのであるが、その隠れキリシタンの民は自分の生命の続く限り、人々のために奉仕することを第一の使命としていた。犬死だけはするまい、と心に誓い、仲間とも緊密に連絡を取り合っていた。その団結心たるや、石のように固かったのである。いわばその情報網に遭難の事実が引っ掛かったのである。

男八人と女一人は平戸の隠れキリシタンの民が、ねんごろに葬ったという。では、他の者はどうなったのかといえばそれは知らない。自分たちは男八人と女一人を葬ったのみ、それは確かだと言う。そして奇蹟的に助かった男児は、当地生月島の裕福な地主の家に預けられていると言う。当然村は大騒ぎになった。人々は緊急に集まり、情報の収集に務め、対策を話し合った。

その時吉郎はたまたま掘っ建て小屋で一服していた。今、鼻歌混じりのおつねは子供を背にし、台所に立っていた。「こう言えばあんた怒るかもしれんばってん、小豆島の使節に選ばれんで良かったね」

「なして？」

「暑かとに櫓を漕ぐなんてひどかろもん」そう言って、負ぶった子供の尻にやっていた左手を、ふさふさした髪に回した。その時薄明りの中にキラリと光るものが吉郎の目に留まった。

「髪に何ばつけとっとな？」とおつねに問うと、おつねは嬉しそうに、ああ、これは隣の加津佐に市が立ったので、行ってみたらこれがあった。あまりにも綺麗だからつい買ってしもうたと言い、手を差し出す吉郎に渡した。それを手にした吉郎は「ああ！」と素っ頓狂な叫びを上げた。赤子が吃驚して泣き出した。『銀の地に人魚と珊瑚』をあしらった櫛。忘れもしない。それは吉郎がこの地口之津に来る直前に、おはまに渡した南蛮渡来のその櫛であった。「それをお前はどこで？」吉郎の剣幕に押されながら「加津佐の市たい」と答えた。間髪入れず吉郎は「いつ？」と聞く。「先ほど行ってきたばかりたい」「うう」唸ったのは吉郎である。そして、櫛を持って掘っ建て小屋を飛び出した。行き先は隣村の加津佐の浜辺で毎年、この時期に催されている市である。その頃の市というのは、今でいえばバザールとでも言い得るものだろうか？　必要でなくなった衣類・茶椀・皿・壺・鍬や鋤・熊の胃や半夏厚朴湯・小柴胡湯・抑肝散その他の漢方薬品……様々なものを安価で融通し合う青空市場である。

吉郎はそうした市が並ぶ場を散々走り回った挙げ句、松の大木の真下に陣取った、奇妙な出で立ちの男（この男は男のくせに、和服を羽織り紅をさしていた）のところへやってきた。こいつは髪飾り・扇・白粉や簪を取り揃えて、往来の客を見ていた。『こいつは男女だ』と思いつつ、持ってきた櫛をその男の目の前へ突き付けつつ「これをどこで手に入れた？」と詰め寄った。吉郎のあまりもの剣幕に、男女はあっさり平戸の金持ちの仏間から盗んできたことを白状した。

『平戸といえば、隠れキリシタンが噂を流したところ。確か女の話を、それに男児の話。しかも男児は生きている。では、この櫛を持っていたのはおはまで、子供というのはおつねの子供か？　まさか……？』興奮がいきなり焦りの感情に繋がる。吉郎はまた一人で、慌ただしく妄想の整理を始めた。考えをまとめようとすればするほど、焦りや苛立ちが募り、考えがまとまらない。そして頭は意識に逆らって勝手に回り出した。

『やはり、難破の噂は本当だったのか？　女と男児？　しかし、何故女と子供が乗っているんだ？　何故あの櫛がここにあるんだ？　おはまにやった櫛を他の誰かが持っていたとは考えられない。この櫛はおはまのもの……間違いない。ということは次ェ門の船におはまとわしの子が乗っていた……？　だが隠れキリシタンは男八人と女一人を葬った、と言っていた。数が合わないではないか？　待てよ、きっと行方不明の人間がいるのでは……？　あの嵐だったら、人一人どこへ流されるか、分かったものじゃない。どうか、わしの判断が間違っていますように』

吉郎はいつの間にか海の中にいた。彼は頭を水に浸すと、次のような結論を得た。『俺の子が生きていることは間違いなか。隠れキリシタンの話は本当だった。女は死んだと言うとった。おはまが死んだ。わしはバチが当たった。何らかのきっかけで、わしのていたらくを知ったのだ。それで、真偽を確かめようと、船に乗り込んだ。おはまは一途な女だったから、それくらいの行動に走るのは想像出来る。俺はバチが当たったんだ。おはまのことを一生懸命考えてやらなかったから、バチが当たった。バチが……』

海の中で吉郎は泣き崩れた。『おはまは人を憎みきれなかった。死んでわしらを許そうとした。いや、死んで抗議をしようとした。子供を生かした、ということは、やはりおはまはわしば許そうとしていた……。おはま、おはま。許してくれ。腑甲斐なか男を許してくれ。子供は大事に育てる。お前だと思って……。お前とわしの子。お前の代わりにわしが育ててやる。子供の成長を見守るていうことは、お前と生きるていうこったい。お前もどうか、天国で見守っていてくれ』

平戸でおはまが生命を落とし、その子は助かったということで吉郎は平戸に赴くことにした。平戸の隠れキリシタンの概略を先述したが、もう少しその加筆を許してもらえれば。

幕府は寛永十七年（一六四〇）に大目付井上政重を宗門改役として、全国のキリスト教信者の摘発にあたらせた。『平戸横瀬浦町人数改之帳』は現存する最古の改帳である。これによりキリスト教信者を転宗させたり、キリスト教信者でないことを、証明することにした。だが、隠れキリシタンとなり、闇の中で秘かに活動していたという平戸の生月島では、爺役（オジ役）――ご番役（オヤジ役・ご番主）――み弟子（役中）の指揮系統があり、結束は強かった。それを知るにつけ、幕府はさらに踏絵や十字架の刑、人を菰で巻き、火を点けるミノ踊り、仰向けに寝かせ、頭上に巨岩を吊り下げ、それを引っ張っている縄上の蝋燭が燃え尽きると、巨岩が顔面を直撃する刑など、様々な拷問を用意した。そして、改宗した者は転びと称し、再びキリスト教に戻らぬことを誓約させる、転び証文をとった。

話は前後するが、平戸にポルトガル船が入港したのは天文十九年（一五五〇）。それに関わったのが王直である。王直とは聞き慣れない名前であるが、極々簡単に説明させてもらうと、王直は中国は安徽省の人間で本名を五峰といった。貧しい家の出であるが、青雲の志に燃え、郷里を飛び出した。塩商などの失敗後、海外で一旗を揚げようと国禁（明国は海禁政策を取っていた）を犯してしまう。つまり密貿易にはまってしまったのである。侠気に富み、知略家で親分肌の人間であったという。王直こそ密貿易の創始者なのである。

奇蹟的に助かった子供は、この王直の血筋の者の手により、保護されているという。吉郎は子供を引き取りに行こうと、長崎街道・平戸街道の陸路も考えたが、海に生きる者はやはり海路が安心出来るような気がして、海路で平戸を目指した。

王直の子孫の家に、たどり着いた吉郎は早速、一悶着起こしてしまった。

口之津では子供の満一歳の誕生日には、餅踏みの略式がある……そんな話から二人の間に激論が起こった。

「踏絵など、誰が作ったか分からんものは、踏んでしまえばいいのじゃ」と吉郎が言えば「誰が作ったか定かではないから、踏んではいかんのじゃ。キリスト様は心の広いお方ゆえ人々に門を大きく開いて、そういう人々こそをお待ちになっておられる」と王直の子孫は言う。

「そういう考えこそ、いまだに神仏に同時に帰依するという、奇妙な考えを捨て切れぬ証拠じゃ。踏絵に神の魂など入っておらぬ」

「何？　お主はキリスト様の信者か？」

「そうではない。わしは何様も信じておらぬ」

「神仏を同時に信じるのは奇妙だ、と申したではないか？」

「わしは何様も信じぬ。ただ毎日朝日に手を合わせるだけ。ただ与えるのみのお天道様に手を合わせ、今日の無事を祈っておる」

「たわけが。それで人間らしい心が湧くはずがない。温かい人と人の繋がりなど出来るはずがねぇ」

「人間は自然の一部。人間人間と大口を叩くな。日本人はもっと崇敬するものに頭を下げ謙虚でわび・さびの分かる人間じゃ」

「この世は温かい人間同士の繋がりがあればこそ……じゃ。そのために自然がある。自然をもっともっと利用することこそ大事ではなかな？　世の中有限なんじゃぞ。生きておる時楽しまねば、何をして生きておるのか意味がないではなかな」と、本来あるべきキリスト教から、遊離した解釈をしているのは、あるいは日本においてキリスト教が、生き残るためにとった止むを得ぬ道であったのかもしれない。

「日本人には日本人の誇りや文化がある。日本人としての見方もある」

「そういうことを言うから、迷ってしまう。迷う民こそ神を知るべし」

「キリスト様は確固たる救いがある。すぐ目の前におられるのだ。そして、手を取って河を渡してくださる。地図のない真っ暗な道に、明かりを点してくださるのじゃ。それには勿論我らとて、日頃から十分の祈りを惜しまぬつもりじゃ。キリスト教はそんな分かりやすい教えなのじゃ。だからわしはキリスト様についていく」

「わしはお天道様に手を合わせ、今日の無事を祈る。そして、子供をお救いくださり有り難うございました、と言いお天道様に感謝の手を合わせる。お主のその心にお天道様が少しでも顔を出されたら、わしの思いも通じることであろう。どうも有り難うござった」と頭を垂れ、平乃あ門より貰った金糸銀糸の反物を『気は心』だから、と言って二反ほど手渡した。

「ときに、遭難した者たちの墓じゃが？」

「それじゃ」王直の子孫は、ついてくるように吉郎を促した。

墓は屋敷のすぐ裏手にあった。それはただ大きな石ころを、砂地に置いただけの簡素極まりのない代物で、全部で九個。別々に埋めてくれただけでも、よしとせざるを得ないような有様であった。吉郎は礼を述べ、黙って跪くと手を合わせた。そして隣に立っている子に「坊主、母は死んだ。分かるな？　もうこの世には泣いても笑っても帰ってこん。ばってん、天からお前を見とらす。お前ももう少し大きくなったら分かるじゃろ。そいけん（そうだから）お前も父のように、手を合わせれ」坊主と呼ばれた男の子は恐ろしい目に遭い、可愛相にその衝撃からであろう、名前はあるのだろうが、ひと言も口を利かぬ。「さあ、坊主」吉郎はそう言って、優しく頭を撫でた。男の子は泣きべそをかいて、いやいやをした。「坊主、男の子は泣くもんじゃなか。おかあも悲しむぞ。おかあは天からお前を見とらす。お前が手を合わせれば、おかあも喜ぶ」男の子は目を擦りながら、その小さな手を合わせた。「ようし、それでよか」後ろ髪引かれながら引き上げる吉郎に、王直の子孫を名乗る男は、渡したい物があるから、と言い三人は屋敷へ向かった。それはおはまと八人の残り髪であった。吉郎はおはまの髪に頬を押し付けて泣いた。

途中子連れではあったが、吉郎は平戸に接する松浦の松浦与兵衛を訪れた。与兵衛はよもや二度と会うことはない、と考えていた人物の訪問を、心から喜んでくれた。「これはまたお主の分身か?」与兵衛は優しく子供の頭を撫でた。「うむ、この間の嵐で、こいつだけが助かりおった」「そうか、そうか。良かったなぁ坊主。で、名は何と?」「それだがな、恐ろしか目に遭ったからじゃろ。ひと言も口を利かん」代わりに吉郎が答えた。「おお、そうか、そうか。気付かずにすまなかった。ばってん、あの嵐で生きておったとは、余程生きることに縁のあるがきに違いなか」与兵衛は子供を空高く抱き上げ、頬ずりをした。吉郎はサザエ城の存在を訝っていたが、それは多少姿を変えた形で、吉郎の訪問を歓迎してくれた。というのは、この時のサザエ城は、何と屋根の天辺がすっぱり水平に切り取られていた。そして、切り取られた天辺に、今は夏であるから外してあるが、寒くなると板ガラスがはめられ、室の中は春のように温かくなるのだ、と言う。

「これは何と?」吃驚している吉郎に、与兵衛は言った。

「どうだ、驚いたであろう？」

「お主はわしを驚かしてばかりだな」と言うと、与兵衛は笑いながらこう言った。

「天井を切り取ったら昼間は日光が入ってくる。さすればこれまで威を誇ってきた能面たちが消え、彼らはいずれも日の当たらぬ幽玄の世界の住人だからな。般若の面など日が当たった瞬間、ポトリ落ちて二つに割れおった。その代わり四季の移ろいが、肌で感じられるようになった。これを見よ。この稲、今年はこれで三回目の収穫じゃ。一気に年貢の重みから解放された。今は夏だから天井のガラス板は外しておるが、家の中でじゃが、一年に三回稲が収穫出来るから、三毛作が可能となった」

「なるほど、そのようなことが可能なのか？」驚きですっかり我を失くしていると、与兵衛は以前二人が語らった場所、城山の梶屋城趾へと吉郎を誘った。そしてここでもまた驚かされた。最初に訪れた時には雑草以外何もなかったはずであったのに、今はこの場所にのうぜんかずらがびっしりと植えられ、その妖しいさまを誇り、遠く玄海灘を見下ろしていた。この花はぎらぎらの直射日光が好きな花で、毒を持っている。中国原産の花でつるが天高く昇っていく習性から凌霄花ともいう。

「どうじゃ、元寇で死んだ者、敵も味方もない。その者たちの弔いの証として植えた」

「素晴らしい行いじゃや。この地で死んだ者たちもきっとこの花を見て、心休まる気じゃろうよ」

「ところで、そうか。お主の許婚が亡くなり、この子だけが助かった」

「大自然のなす技に抗うことは出来ぬ」

「生命というものは不思議なものよのう」与兵衛は続けた。「滅びの世界から生命のことを考えることはできん。誤解するなよ。まず生きていることが大本にある。だから滅ぶという観念も成り立つ。つまり生命があるから、滅びの世界を考える。すなわち、だから生きておる、とも言い得る。滅びることは生きた証なのじゃ。だから、大自然がある限り、人間も連綿と生き続ける」

「そういう人間に幸あれ、と祈る。この花もそういう意味を含んでおるのか？」

「花は美しい。心を癒してくれる。何の屈託もなく人の心の中に染み込んでくる。そして、汚れた心を洗ってくれる」そう言う与兵衛の中に、のうぜんかずらの持つ毒性は織り込まれているのであろうか？　全てをかなぐり捨てて咲くのうぜんかずら。その存在の意義は分からなかった。

帰り際、吉郎は「不躾ではあるが、能面を頂戴したい」と言った。この時与兵衛は「どの面がよかろうのう？」と、人の良さそうな笑顔を見せた。

「そうよのう、長らく父母に会っておらぬゆえ、翁と媼の面が欲しい」

「なるほど、持っていかれるがよか」

「かたじけない」吉郎は能面を丁寧に紙に包んだ。

「暑いのによく訪れてくだされた。礼を申す」

与兵衛は二人分の手弁当を用意してくれた。子には黒砂糖までくれた。縁があったらまた会おう。互い元気にて生を楽しもうぞ。与兵衛は港まで見送ってくれた。

口之津ではその後、本多次ェ門らの乗った口之津丸難破の動かざる証拠が出てきたことで、人心は揺れていた。〝口〟と書かれた船の破片が見つかったという情報が飛び込んできたのである。村は新たな悲しみに包まれた。次ェ門ら十四人と女一人を見送った後、この二週間、口之津近郊では、雨の降らぬカラカラの日が続いていた。ために、田畠から緑々とした稲や芋の葉が減り、黄色く枯れた葉が目立つようになった。上の堤も下の堤も水が涸れ、池底は剥き出しになり、大小の地割れが走った。炊事に使う久木山の井戸水も余すところ数日分しかないと計算され、米や麦を研いだ水は捨てずに、洗顔や飲料水として、再利用するしかなかった。使用する水はどれくらいか、毎日村長に報告、お触れも出され、村をあげての渇水対策の寄り合いがもたれた。隣村の加津佐も事情は同じであった。

「雨よ降ってくれ」「他にはなにもいらん。どうか一滴でもよかけん、お慈悲があるなら雨よ降ってくれろ」人々の叫びは悲痛の限りであった。それでも太陽は連日ギラギラと燃えたぎっている。飲めぬと分かっているのにわざわざ海辺へ行き、海水を口にしては喉を焼き、すごすごと自分の家へ帰っていく者もいた。『これだけ水があるのに、飲めないのか』焦燥感は増すばかり。道端のいたるところに犬や猫などの死体が転がり、それに蝿がたかっている。

水が欲しいと泣き叫ぶ童らの声に水の恩を知るのみであった。燃え立つ太陽をこれほど恨めしく思ったことはない。日頃から人々に、いや生きとし生ける全てのものに、計り知れない恩恵をもたらす太陽。この時ばかりは暴君以外のなにものでもなかった。太陽の子である人々に何をもって、厳しく辛い仕打ちを行うのか？　『日頃から感謝の気持ちが足りないのでは？』人々は思うようになった。そして、丁度この頃、白装束で白馬に跨がった虚無僧が闇法師塚の祠に籠った——これは吉郎がいの一番に口之津に建てた祠である——との噂が流れた。それは瞬時に口之津中に伝わった。そしてその噂は真実であった。人々は続々と闇法師塚の祠にやってきて、遠巻きにしてその祠を注視した。あるいは跪き、手を合わせる者もいた。

祠の虚無僧は内から閂を掛け、外からの邪気払いに、格子戸に呪文を書いたお札を貼った。不眠不臥の祈りが七日七晩続いた。

そして満願の暁を迎えた。早朝、周囲を霧が覆い尽くした。と、祠を見ると、一本の細くて長い白亜の樹木が現われた。それは魂が霊化し、自然の一部と化した虚無僧の、神々しいまでの姿であった。虚無僧は最後の力を振り絞るように言った。

「のろし山で稲束千束を半時に焼くべし」

「おお！」人々は息をのんだ。同時に幼い童——それは何とあの海難事故から救われた童。ただのひと言も喋らぬゆえ、吉郎が長平と名付けた——その童が「胸に何か付いてる」と叫んだ。人々は長平の指差す方に、改めて目をやって驚いた。虚無僧のその胸には、見事な銀のクルスが光っていたのである。やがて虚無僧は白馬に跨がると、馬に軽く鞭を入れた。白馬はうなずくように首を縦に振ると、一声嘶き大空めがけて駆け上って行った。
「四郎様じゃ。天草四郎様じゃ」誰かが叫んだ。「おお！」皆はそこに跪くと、手を組んで感謝の意を表した。驚いたことに皆衆は教えられもしないのに、十字を切り彼を讃えたのである。

激しい雨は天地を揺るがし、旱天慈雨、雨は三日三晩降り続いた。

そして、土地も樹木も人もすっかり潤ったところで、平戸より引き取られて、虚無僧により口封じが解かれた長平が、「父上、海が見たい」と言った。「あんた、海が恐いんじゃなかと？」とおつねは言ったが、長平は首を横に振った。「行くんだったら、花束ば持って行っておかあに投げておやり」長平の頭を撫でながらおつねは言った。そこで吉郎と長平は今は瑞々しく咲いた、あざみ、白ゆり、黄菊などを摘み、手元を棕櫚縄で縛って、久木山の白浜海岸まで行くことになった。
小高い丘にある掘っ建て小屋からクネクネとつづら折りの坂を下っていく。この間の雨で、畠の作物や土手の名もない草花たちも元気を取り戻し、夏の眩しい光の中で、ひと際艶やかに輝いている。吉郎は暫し足を止め、それらを愛しそうに眺めた。「吉郎どん。どこへ行かしと？」この村は誰とでもどこで会っても、親しく挨拶を交わす。まるで皆親戚みたいなものである。吉郎は「うん、ちょっとそこまで……」と返事をする。それで事足りた。

白浜は今、夏の盛り。子供たちが素裸で波と戯れている。大人たちはちらほら見えるだけ。

吉郎はふっと寂寥感に襲われた。遠く果てしない海を見たからであろうか？　茫漠とした海が左に通詞島、右手に野母半島を乗せて、どこまでも続いているのを見たからであろうか？いや、そう思うようになったのは、松浦水軍の与兵衛から、この世は球状で太陽の周りを回っている、と聞かされてからのことである。

「父上、おかしいな」長平は盛んに目を擦っている。

「何がじゃ？」

「あの沖を見とったら、白か帆だけが見えとったのに、だんだん船の形になってきた」子供というのは親さえ窺いしれないような知恵を垣間見せるものである。

「そうじゃ。わりゃよいところに気付いた」吉郎は熱い砂の上で、足をばたつかせながら早口にそう言った。そして、あの木陰に行こうと長平を促した。

「やれやれ……」と長平の頭に手を乗せた。

「あれはなぁ、本当はこの世が丸かからなんじゃ」

「この世て何な？」

「おどんがおるところたい。おどんがおるところが丸かと」

「丸か？」

「そうたい。この世は鞠んごと丸かと。そして、（太陽を指差しながら）あのお天道様も丸くて、その周りをこの世が回っとると」

「へぇ。おら、お天道様が、おらの周りを回っとらすとばっかり思とった」

「そがんじゃろ、そがんじゃろ。ばってん、本当はそれの反対で、この世がお天道様の周りを回っとると」

「面白かにゃ」長平は眩しそうに太陽を見上げた。

「そるが学問というもんたい」

「がくもん？」

「そがん。学問たい。世の中は大きか。それを教えてくるっとが学問たい。あの海の向こうには知らん国や知らん人たちがいっぱい生きとらすと」

「学問？」長平の目は輝いた。『太陽の創った人間という造形物は美しいものだ』この時吉郎は太陽を眩しげに見上げる長平の瞳の中に、宝石のように煌めく光を認めた。

「さぁ、花を母に。力いっぱい投げれ」長平は熱い砂の上を、飛び跳ねながら水辺に着くと、力の限りそれを投げた。花束は寄せては返し返しては寄せていたが、少しずつ沖の方へ流されていった。

「母上！　おら学問をするぞー。そして大きか人間になるぞー」海に向かい叫んだ。

「父上、おら学問ばする。そして、大きか船に乗ってこの世ば回る」今度は木陰でにこにこしている父に向かい叫んだ。

自分の子供がそんなことを言う。それは紛れもない息子の意思。そんな子供の言葉に、吉郎は頼もしい明日を感じない訳にはいかなかった。

帰り道は北の方角から細い山道を辿った。この道は小石がごろごろで歩きにくく、道の両側からすすきや雑木が伸びるだけ伸びていて、行く手を遮るようである。

「父上、このつるは何というと？　やたらにうるさかとん」

「これはのうぜんかずらという毒花たい」

「毒花？　そがんもんこうしてくれる」長平は近くの笹を折り、それを叩こうとした。

「待て！」吉郎は言った。そして
「毒花でん、叩き切ってはつまらん。これとて必要じゃけん生きとる」

父は息子の頭に手を乗せた。子供は軽くうなずいて、笑顔で父を見上げた。

それは激しい夏の盛りの日であった。

第五章　島原

腹違いとはいえ、長平も吉常も背丈がすくすくと伸び、立派な若者へと成長した。もはや元服も済ませ、月代爽やかな青年となり、父と共に海へ畠へとまめに働いた。

特に長平は勉学にも優れ、青雲の志に燃え、島原へ行くと、島原城近くに居を構え、文武両道を標榜《ひょうぼう》する、松平公の創設する尚舎源忠房文庫（後の松平文庫）に、足繁く通った。

尚舎源忠房文庫創設の初期の頃、すなわち寛文二年（一六六二）、温泉岳噴火が起こり、文庫に通っていた長平は、溶岩流に遭い逃げ惑う、若い女を助けたことがあった。

足を挫いたらしく動けぬ女の目の前に、一筋の炎の流れが迫っていた。逃げることもままならず、あわや炎にのまれる、と、その瞬間、長平は幸い投げ捨てられていた丈夫そうな縄を手にすると、女にそれにつかまらせ、その女の生命《いのち》を救った。

「危なかった」

「有り難うございました」二人は叫んでいた。

興奮さめやらぬ、女は泥だらけになっていたが、その顔はどう見ても、ただの女とは思えない。どこかこう神秘的な目をしている。その女がどうしてこんなところにいたのか、尋ねてみると、助けられたことに幾重にも礼を言いながら、

「私は瑠音《るね》と申す旅の女でございます。この度、縁あって、ここの普賢菩薩にお参りをしようと立ち寄ったのでございます。足を滑らせ、どうやら捻挫したようで、動けなくなってしまいました。本当にどうも有り難うございます」と激痛に顔を歪めながらも必死にその旨を訴えた。

「危なかった。今一足遅れたら、そなたも我も生命《いのち》を落としていたであろう」

「それにもかかわらず、私を救ってくださった、ご恩は一生忘れません」

その言葉遣いといい、物腰の柔らかさといい、ただ者ではないな、と感じ取り長平はさらに探りを入れると、何故か女は口をつぐんだ。従って、それ以上話しなどすることもなく、二人は別れた。


一月も過ぎたある日、長平は嬉々として文庫に向かった。そして古びた書庫から《蜻蛉日記》に目を通した。この書は平安時代中期に藤原道綱の母が著わしたもので、和歌を中心に兼家との結婚生活を中心に描かれ、父母や姉妹との関係を書いたものである。

長椅子に陣取り、読み耽っていると、どこからともなく、香の匂いが漂ってきた。

長平が頭を上げると、四、五人のお女中たちが、何やら楽しげにはしゃいで歩いている。

長平はその中に、あの溶岩流の中にいた、瑠音と申す女も加わっているのに気が付いた。先方もそれに気付いたらしい。意外な再会に驚き、興奮し、それでもまだ目をそらし、恥じらう花に、そして何より彼女たちの会話の中に、長平は瑠音が高貴な出であることを確信した。

そして、これが松平家と武井家の接点となった。

島原城は森岳城とも高来城とも呼ばれ、寛永元年（一六二四）の築で、築城主は松倉重政である。それは有明海を望み、雲仙岳の麓に位置する平城である。そしてそれは連郭式で、頑丈な石垣で出来ている。この石垣であるが、一国一城令が元で、原城から持ってきたものであった。この城は明治以降、廃城処分となり、民間へ払い下げとなっている。一度、建物などは撤去されたが、昭和三十五年（一九六〇）、西櫓より復建が進み、本丸・櫓や長塀が復興された。

この頃の島原城主は松倉氏から高力氏、そして深溝松平への政権移行期にあった。

そしてこの時の城主、松平忠房は元和から元禄まで、八十二歳を生き抜いた人で、藩制改革を行い、延宝七年（一六七九）、税率として検見制（資料なし）を採用し、一方では減税政策を遂行するなど、農民の生活《くらし》の安定化に努めた。そして、広く文武両道を唱えた。

実は瑠音はこの城主の娘であって、仏像に興味があり、その写本を探しに文庫へ立ち寄ったところであった。

　瑠音は、腰元たちに軽く腰を折って合図した。すると腰元たちは軽く一礼して、部屋を出た。

「お久しゅうございます。まさかこんなところでお会いできるなんて。その節はどうも有り難うございました」瑠音は言葉もどかしく言った。

「ほんにお互い危のうございました。で、お怪我の方は」

「ええ、もう痛みもなくなり、この通りです」と、娘は白い足袋を見せた。

「そうか、それは何よりです」

「あの日以来、ずっとそなたのことを考えておりました。私たち、どうやら、こういう運命（結婚）にあるのかもしれませんね」と瑠音は言うが、その歴然たる身分の差に、長平はたじたじとなった。「人助けに、身分の差など関係ございませんわ」と、見透かしたように瑠音は言った。

「そうは言っても、周囲の目には、どのように映りますことか。お家一大事かもしれませんぞ」少し、悪戯っぽく言った。それに押された形で、

「もし、良かったら、いいえ、是非とも……」と瑠音は、続く言葉をのみ込んだ。

　二人は文庫を出ると、五月の梅雨の切れ間の爽やかな陽光に遊んだ。よく手入れされた庭園に植えられた若葉が風に揺れ、小池には真鯉に錦鯉が戯れ、揺れる水面に、光がざわめいている。二人は静かに、その周囲を回り、この出会いが運命的なものであることを感じた。

一方、弟の吉常の方も何もせずにいた訳ではない。積極的に松平家への仕官を目指した。吉常は剣術はもとより弓術、槍にと、剣法の総合成就へ心の炎を燃やし始めていた。

特に先祖一蔵の編み出した《逆袈裟懸殺法《ぎゃくけさがけさっぽう》》は、まだ開拓の余地があり、完成されたものではなかったが、相手の油断を突くものであり、相手の考えの先を読まなければならない。それは体で会得して初めて、その効力を発揮するものである。その精巧さ緻密さで、まさに神技的なものが要求された。やらねばやられる。ひと呼吸ひと呼吸が剣の先々まで、行き渡り、剣が自分の手足の如く動くようでなければならない。そして剣の短所である刀の長さの制約を、手足腰など体全体で補充しなければならない。それは鉄砲、あるいは弓などの飛び道具とは訳が違うところがあった。

吉常はだが、いま手元に刀などはない。月食の晩の一蔵のあの事件以来、刀はご法度になっていた。

しかしこの一介の若者は、その家法を破り帯刀することを望んだ。そして貯めていた小金で、両親には相談せずに刀を買った。

「松平様に文武両道ぞ、吉常。和歌の一つくらい覚えとかにゃー　と、吉郎は吉常を咎めるどころか、むしろあおるように言う。

「分かっとる」

「そうか」

「何か疑っとるな。こんなのどうじゃや。もっともこれは和歌ではないが……」と吉常は言い、

〽人間五十
下天の内にくらぶれば
夢まぼろしのごとくなり
一度《ひとたび》生を得て
滅するべきものあるべきか

と吟じてみせた。

「ほう、よく耳にする歌たい」暫く時をおいて、

「まだずっと先ばってん、仕官したあかつきには、父上、母上に、米の飯がいっぱい食えるようにしてやるけん、待っとけ」

「さてさて、いかがなものか」吉郎もおつねも笑った。

「今日は長平が帰る日じゃったのぉ……」と吉郎は嬉しそうに言う。

「兄者も頑張っとるけん、わしも頑張らんと」そして「今日の献立は何な」と問うと
「いつもの通りたい。ほうれん草の和えものに、こんにゃく白和え、それにわかめのみそ汁」

という返事が返ってきた。

「いつもの通りが大事」と吉郎が釘を刺す。

「久しぶりにあらかぶの背切りば食いたか」と吉常が言う。

「お前、作ってみれ」と吉郎。

「この刀の試し切りたい」と喜ぶ吉常。

吉常があらかぶの臓物を取り出し、背中の骨を叩いている、そんなところへ、筵を広げただけの、粗末な出入り口を開け、長平が入ってきた。


「島原は、どがんじゃった」と土産話を聞こうとする吉常。皆も同じ思いである。

「いいか、聞いて驚くな。実は、この間、話していた溶岩流から助け出した女、あん人は松平家のお姫様だった」と云々。

「何、それは真な」これにはみんな舌を巻いた。吉常はゴクリと生唾をのんだ。

「それで吉常、望むものは何でも、とおっしゃるから、お前を推挙しとったぞ」

「本当な、有り難い。持つべきものはやはり兄者じゃ」と吉常は仰向けにひっくり返り、手を叩いて喜んだ。

「ただし、それには一つ条件がある」と言う長平。

「何、条件じゃと」弟は思わず身を乗り出した。

「試験があるそうじゃ」

「ええ、何な、その試験て」

「自分を売り込むための、自己紹介じゃ」長平は言った。

「厭だぞ。そんな人前で、恥をかくのは」

「誰でもそうじゃ」

「そりゃぁ、兄者みたいに、日頃から勉学に勤しんでおれば、それは楽だろうけど」

「心配なか。勉強したい意欲のある者なら、お上も認めるじゃろ」

〽男児　志を立てて郷関を出ず
　学もしならずんば　死すとも可なり
　骨を埋むる　あに墳墓の地のみあらんや
　人間いたるところ　青山あり

「これくらい知っとかにゃぁ、つまらんばい（これくらい知っておかねばならないぞ）」お殿様は志を買うお方ゆえに」

「何、もう一度紙に書いてみれ」との言葉に、長平は紙と筆を取り出し、大きな字でそれを書いて、吉常に渡した。

「なるほど」吉常は頻《しき》りに頷いた。

「ところで何な、この長かものは」長平がそれを取り上げようとすると、

「いかん、いかん」と取り返す吉常。

「刀は持たんのが、この家の金科玉条」と、声を荒げる長平に
「うん、うん。よー分かっとる。持っとるだけで、決して使いはせん」吉常は言い切った。

「持っとれば使いたくなるとばい」と長平が言えば
「ばってん、松平様は文武両道と聞いたが」と、切り返す吉常に
「殿様は自分の身を守るために使わすと。それはあれだけの蔵書《ほん》が証拠たい」

「わしも刀を持って盗賊しようなどとは思っておらん」

「お前には何の裏付けもなか。剣を持っていても決して使わぬという、誓約書でも書いとけ」

「文武両道というもんが、『刀は持ってはいかん』とは……」と、ぶつぶつ言う吉常。

「人間はすぐ忘れる動物じゃけん、何回も言ってやらんと、すぐ間違いを起こす」と長平。

そんなところへ、おつねが徳利とあらかぶの背切りを持ってきた。

「うわー、美味そう」

「兄者が来る前に、この刀で作ったぞ。背切りは一」

「おお、そうか。刀の使い初めは魚だったか。ばってん、それだけ使いたくて仕方なかという気の表れであれば、それは顰蹙《ひんしゅく》もんぞ」

「心配はなか。せめて『使い始めが人間でなくてよかったな』とくらい言うてくれんかの」の言葉に、長平の言葉は飛躍した。

「魚も生き物じゃぞ」

「何が言いたいんじゃ」

「食物に感謝しろということったい。人間は何でも殺しおる。背切りも実は、骨によか成分が含まれとる、ということの他、捨てるところを極力少なくしよう、との考えからきとるとぞ。骨まで砕いて残さずいただく、そのことこそ大事」と、言う。長平の長口舌に、

「随分、分かったような口を利くじゃなかかな。お前の本心は分かっとるとぞ。出世のために女を利用しようとしとろうが」と吉常は顔をしかめた。

「そういうお前もそうじゃなかかな」

「わしは剣の道を究めたいだけじゃ」ふてくされて言う吉常に
「そんならわしも学問の道を究めたいだけじゃ」と応じる長平。

「いい格好したいだけのことじゃなかかな」

二人の間は険悪になってきた。吉郎は黙っている。おつねは怯えている。二人はとうとう背中合わせになった。少時こんな状態が続いた後、

「一杯、やろう」と吉郎が気を利かして吉常に杯を勧めた。ブスッとしていた吉常が
「兄者にまず一献」とひと言。

「わしはいらん」突っぱねる長平。

結局、寝るまで長平は酒に手をつけず、背切りも食べなかった。

『持っとればいつか使いたくなる』吉常は長平の言葉を思い出した。『だが、この世の中は文武両道ぞ。何も悪いことはなか』『それは自分を磨くために、自分が相手と同格であることを知らしめるため、必要なことなのだ』自信はなかったが、あやふやな回答が自分の中に、出来上がった吉常であった。

翌日。

長平は島原に帰った。

島原は水の都――各家の泉水には真鯉に緋鯉が戯れ遊んでいる。長平はそっとその水を手で掬い、口をゆすぐと、尚舎文庫に向かった。そして長椅子に座した時、長平は城主の忠房から、すぐに登城するようにとの連絡を受けた。長平は取る物も取りあえず、慌てての登城となった。

長平は奥座敷に座す忠房を初めて目の当たりにした。と言っても、ほとんどご尊顔を拝することにはならず、かしこまったままの長平は、何を言われるのかと緊張をごまかすために、畳の目ばかり見つめていた。

「面を上げよ」との言葉に恐る恐る顔を上げる長平に

「そんなにかしこまることないぞ」と忠房の意外に優しい言葉。「お前のお陰で、ここにおる瑠音が生命《いのち》拾いしたと聞いた。間違いないか」

「ははー」

「見ればそちはまだ若い。若いのに尚舎文庫へ通っていると聞く。大した心がけぞ」

「ははー、痛み入ります」

「で、今、どの辺りぞ」

「は？」

「何を読んでいらっしゃるの」と瑠音が注釈をつけた。

「はっ、蜻蛉日記です」

「なるほど、源氏物語か」

「は？」

「(藤原) 道綱の母の書か」

「あの書物、貴公子と結婚したばかりに、性格の不一致からくる苦悩や愛憎表現が、激しいまでの口調で綴られているのだけれど、これが平安時代の女流文学の礎になっているらしいの。それが源氏物語に影響を与えたという意味だと思います」と姫の注釈が入る。

「ところで今わしは《家忠日記》なるものを着想している。深溝松平家忠は戦国時代から安土桃山時代の武将で、主に天候や季節の記述であるが、能や連歌・茶の湯を楽しんだ。当時の政治情勢や徳川家康の生活ぶり、大名の日常生活や習慣などが書かれている……。今着想中なのでこれ以上は申さぬが」そう言って忠房は顎を擦った。これはこの城主の癖である。

「左様でございますか」

「これから認めるよって、完成したら、そちも読んでみるがいい」

「有り難き仕合わせ。いつまでもお待ち申しております」

「父上」この時、瑠音が忠房に耳打ちした。

「おお、そうであった。そちは瑠音の生命の恩人。欲しいものがあれば何でも申してみよ」

「恐れながら……。年貢の件……」

「何、聞こえないぞ。遠慮はいらん。たかーく申せ」

「このところ、日照りが続きますれば、何とぞ。庶民の願いでもありますので」との長平の大きすぎる声に、ちょっと考え込んでから、

「分かった。考えておこう」

「お父上は約束事はお守りになる人だから（安心して）」と瑠音が微笑みかけた。

「ところで、お主はまだ独り者か」と、話しが急に変わるので、長平は戸惑いながら、

「独り者にござります」

「どうじゃ、姫は美しいか」

「大変お美しい方かと」

「お前が拾った、火中の栗（?）じゃ」

　この言葉にますます恐れ入った長平は、どう返事すればいいのか、額にあぶら汗を浮かべ、きた時と同じように、畳の目を数え出した。一、二、三……。そしてこの目が偶数であれば、うべなうと言い、奇数と出た場合は……。分からぬ。突然長平は
「あまりにも勿体ない話かと」と叫んでいた。

「お前の考えもあろう。即決することはないぞ」

「有り難き仕合わせ」

　瑠音姫はそんな長平の様子を、つぶさに見ていた。

　やがて腰元が甘いものなど持ってきた。何やら星型の赤や白の小さな粒である。

「これは金平糖といって、南蛮渡来の掛物菓子じゃ。地元（島原）で、作られたばかりの品じゃ。見たことがあるか」

「いいえ、ございません。初めて目にするものにございます」

「これは頭にいいぞ」

「は?」

「頭の疲れに効果てきめんという訳じゃ」今度は姫の注釈を抑えて、忠房は言った。

「左様でございますか」

「さ、前置きはどうでもよい。食してみるがよい」

長平は言われるまま、右手で一粒つまむと、口に持っていった。

「これは……。これは何と甘い。これほどのものは初めてにございます」

「そうか、そうか。お前も食べよ」と姫の掌に、一粒乗せた。

その時、側近が寄ってきて、忠房に耳打ちした。すると
「わしはちょっと用が出来たから座を外すが、確か長平と申したな、ゆっくりしてゆくがよい」と言い残して、座を外した。

「長平殿、遠慮なさらず、沢山召し上がれ。お父上は大事なお客様だけに、これをお勧めになりますの。お星様のようでしょう」

「ほんに、何とも言えない綺羅星のようで……。庶民の口には到底……、いやいや深い意味はございません。まだまだ色々と修行中ゆえ、至らぬところが多いと思います」

「父を許してやってください。ああしていますが、色々と気を揉むことがあるのでしょう。そなたがおっしゃる年貢米の件で、勘定方と言い争っておりました。そなたと父は考え方がとても似ております」

「有り難きお言葉。お殿様は文武両道を遂行されておられますね」

「そなたはどうお思いになります」

「勿論、大賛成です」

「良かった」姫は金平糖を一粒つまんだ。

縁側に出ると、二人を祝福するかのように、木々に光は揺れ、梅雨の切れ間の爽やかな陽光は、二人の若者を優しく包み込んだ。

「良いお父上様ですね」すっかり感心して、長平は瑠音に笑いかけた。瑠音はこぼれるように笑うと、庭園に下りた。長平もそれに従った。澄み切った池を覗くと赤や黒の鯉が、二人の近くまで寄ってきた。

「よく慣いているんですね」と長平が言うと、瑠音は袂から麩を取り出すと、半分を長平に渡し、それを鯉に向かって、撒いた。水の中の鯉は黄色い口で、盛んにそれを食べ出した。その度に陽光が踊った。長平もそれにならって、麩を投げ入れた。

幾時間、初めての城中で過ごしたであろうか。去りゆく長平に残り惜しそうな姫。明日という日があるのに、その姿が木立の陰に消えゆくまで、瑠音は見送った。


翌日。

尚舎文庫には、いつものように長平の姿があった。そしてそこへたまたま弟の吉常が、顔を見せた。

そこで、噴火の時に起きた溶岩流から生命を救った瑠音のことや、昨日、城に呼ばれたことなどを話しているところに、瑠音の訪問があった。長平は姫に弟を紹介した。

「あまり似ておいでではありませんね」瑠音は率直に言った。

「どこがでしょうか？」吉常は挨拶代わりに言った。

「お顔がです」

「性格も正反対と思うとります」

「人間、一長一短はあるもの。それも結構でございましょう」

「兄者、みろ。姫様もああ言っておいでぞ」だが、

「私は暴力が大嫌いです」と吉常の心を見透かしたように言う瑠音。

「姫様、お願いがございます。何でもしますゆえに、わしを拾い上げてくださいませ。馬の世話から肥汲みまで何なりと」重ね重ね吉常は言った。

「他ならぬ長平殿の弟君なら、父上に申し上げておきます」

「有り難き仕合わせ」


翌々日。

長平は忠房から、弟を連れて登城するように、仰せつかった。

大広間に重臣たちが控える中、伏して忠房を待つ長平と吉常。やがて忠房のおなりになった。

「面を上げい」と城主。

「武井長平の弟か」と質すと、両者は同時に名乗りを上げた。城主は重臣の方を見た。

「今の問いは武井長平殿に対する質問なり」と筆頭家老は言う。

「ははっ」吉常は愕然とした。

「早速じゃが、竈の中にくべた二本の木の燃えつきが悪い。どうすればいいのかのぉ」と言う質問に長平は
「もう一本枯れ木を加えればいいかと。二本の木であれば、お前燃えろ、いやお主が先に、と譲り合って燃えないがゆえに、三本にすべし。これは母より伝授されしものであります」

「ほー」城主は感心した。

「では、灰で縄は綯《な》えるかの」

「これは武井吉常殿への質問なり」と筆頭家老。

「……」

「では、長平殿へ同じ質問。どうかの」

「先に綯った綱を燃やせばいいのでは」

「いかにも。では、もう一つ。同じ背格好の二頭の親子の馬がいる。どうやって区別すべきか」との問いに長平は、

「草を与えればよろしいかと。すなわち、馬は先に子馬に食させるでありましょう」

「よし。では、もう一つ。千枚田に移りし月影は、千個であるやいなや」

「……」

「……」

いずれも無回答。

「お主たち（重臣）でもいい。誰か知る者はいないか」

大広間中がざわついた。だが、誰も回答できる者はいなかった。

「では、二人の剣の腕比べを行うにつけ、皆の者、表へ出ませい」と筆頭家老。

しばし陣太鼓が打ち鳴らされる道場は、やがて水を打ったように静まり返った。槍の名手として名高い森川四郎左衛門の姿も見えた。

相対する二人の若者。

二人の先祖、一蔵が編み出した《逆袈裟懸殺法》の達人同士である。城主もそのことは風の噂で知っていた。

「一本勝負」指南は叫んだ。長平が西方に、吉常が東方に布陣した。

逆袈裟懸殺法の長所は相手の先を読むことが、必勝の条件であった。ところがこの場合、二人が兄弟の間柄であれば、互いの手の内をよく知るにつけ、その必殺剣は通用しない。ではどうすれば勝てるのか、それは時と場合による。早い話がやってみなけりゃ分からない。

二人とも大刀で渡り合った。しかし、腕が互角のため、なかなか勝負はつかない。その時である。何を思ったか、吉常は近くに放置された竹光を掴むと、それを長平めがけて投げつけた。そして長平がひるんだ隙に、吉常は抜き胴を取った。だが、誰がどう考えても、この勝負は反則であり、勝負は長平のものとなった。

そしてまさにその瞬間《とき》である。一人の飛び入りが吉常に挑みかかってきた。吉常は素早く逆袈裟懸殺法の体勢に入った。つまり小刀で相手に対したのであった。

そして見事に、吉常の取った逆袈裟懸殺法が、飛び入りを切り上げた。

「見事、見事」と道場は沸きに沸いた。

だが長平は複雑であった。なぜ吉常はあんな馬鹿なことをしたのか。長平には信じられぬことだった。これは不覚であった。長平は吉常に対して、大いなる怒りを禁じえなかった。

「殿、あの東方の若者が見せた剣法、あれが逆袈裟懸殺法というものでございましょう」と指南は紹介している。

「何も見えなかったぞ」

「あの下から上へ切り上げた、あの鮮やかな剣法がそうでございます」

「なるほど」城主は立ち上がると、二人の勇者の手を握った。

「見事であった」との城主に、見苦しいところがあった点を、平に詫びる長平と吉常。

二人は逃げるように家路を辿った。長平はこうして精神的挫折を味わったことで、青年としてひとつのあるべき基礎固めをしたと言えるかもしれない。

吉常もこうした思わぬ経験を、大人に近付く道標とした。

吉常はこのまま二人でいても、喧嘩にこそなれろくなことにはならないから、と口之津に帰って行った。

こうして今は望みを先に繋いで、吉郎は百姓に漁業に精を出すこととなった。


「昨日はとても面白うございました」瑠音は尚舎文庫にやってきて、長平に言った。

「姫、あれは試合ではありません」長平はうなだれた。

「すっかり恥をかかせて、申し訳ございません」長平は詫びた。

「どうして、どうして？　お謝りになるの」

「あれでは先祖が泣きます。剣法を勝負の道具にしてしまい、心を疎かにしてしまっている。何故、あの吉常が……」

「剣の道に凝り固まっていらっしゃる。だから自分が見えていないのでは」と、姫は言った。

「そうかもしれません。最近書物を手に取ることもないし」

「ほんに、文武両道こそ目指すべき道かと」

「蜻蛉日記だ、女流文学の礎になっているなどと、殿様は大した見識の持ち主だ」

「とんでもございません。うるさいばかりの父です」

「それは本心ではないはずです。うるさいのは姫の身を案じておられるからです」

すると、瑠音は声を落として、

「かつては私を○○家へ嫁がせようとしたことがありました」

「ああ、あの家は黄金に溢れ、しっかりしていますから」

「おかしな噂のある人の嫁になど、なりとうはありません」瑠音はきっぱりと言った。

「姫、それはわがままというもの」

「いいえ、それはわがままというものではありません。自分の選んだ人に、連れ添うことこそ、本当の姿。愛情も感じ得ない人となんか、一緒に住めるものではありません」

「本当は他にも意中の人がおありなんでしょう」

「まぁ、いじわる。殿方と親しく話すのは、そなたの他にはおりませんのよ」

「……姫、お待ちになってください。なにとぞ貧乏人の私などにかまってくださいますな」

「身分ではありません。そなたの将来性やそなたのそのひたむきなところに、すっかり魅せられております。それにそなたは生命の恩人。そなたのためなら今の身分など、いつでも捨てます。どうか、妻にしてください」

『あの慎み深い姫がそう言った。いや、そう言わせたのがわしなら、それは取り下げてもらわねば』長平はいい言葉を探したが、適当な言葉が見つからない。『では、そう言って夫婦になった男がかつていたであろうか』そうやって長い間、考え込んでいる男からの返事を待つ、姫の心中はどんなものだろう。『違うぞ、それは違うぞ。他の何某かが思う女に口説かれた話など例がない。だが、わしは今、その局面に立たされている。これを断れば、姫とて相当の決意で言ったものであるから、大変なことになる』

「姫……」勢い込んで言おうとしたが、次の言葉が出てこない。こんな時あのすれ者の吉常など、うまく立ち回れることだろうが、わしにはそんな芸当は出来やしない。それでも長平は「姫。私め、死にたい思いです」とだけ言った。すると瑠音は緊張から急に解き放され、倒れてしまった。

「姫様、しっかり」その声を聞いた腰元たちが駆け寄り、姫の介抱にあたり、うろたえる長平の背に姫を負ぶわせ、外の駕籠まで運んだ。そのうち、姫も正気を取り戻し、連れ添って走る長平の手を取った。

姫は「有り難う存じます」と言い、またうつ伏してしまった。身分制度の厳しい世の中にあって、このことは身を滅ぼしかねない行為であった。

姫と長平は相思相愛。自然、城主忠房の目も細くなる。だが、それもそう長続きはしない。人を治める人間の主張に必ず反対する輩があるもので、しかも口之津の百姓や、天草四郎をいただくキリシタンの残党は、秘かに隠密活動を行っていた。

ある時、重役会議で宗門攻めのお触れが出た時である。

城の門を出て一里ばかり歩いたところで、忠房は三人の暴漢に襲われた。幸い大事には至らなかったが、すぐに捜査が行われ、その結果、その中に吉常らしき人物がいた、とまことしやかに噂が囁かれた。驚いたのは長平である。その頃の裁判は制度が整っていたとは言いがたく、すぐに吉常を捕らえよ、との藩令が下った。

厳しい取り調べが行われた結果、暴漢は他にいるとの捜査結果を受け、吉常はその手で暴漢を捕える決心をした。だが、暴漢の目星すらつかぬまま、月日はどんどん過ぎてゆく。

ところが火の手は別の方向から起こった。それは口之津から遠く隔てた、松浦にいる松浦与兵衛という水軍の将が、隠れキリシタンをかくまっている、という情報から始まった。与兵衛は隠れキリシタンとは直接的関係はなかったが、その人の良さから、自然、隠れキリシタンと親交があったものであろう。与兵衛の名義を借り、隠れキリシタンたちは、宗門改めに激しく抵抗し、忠房の暗殺を謀ったのであった。隠れキリシタンの中の急進派の三人が、原城址でのミサの帰りに、宗門改め制度の事実を知り、犯行に及んだ。

いち早くそれを知った吉常は、兄に事の詳細を伝えた。マツウラヨヘイという郷愁を誘う名前に長平は、ひどく悲しみつつ忠房に進言したのだったが、事が事だけに名君との誉れ高い人物でも今度ばかりは、怒りを抑えることが出来ず、三人を火あぶりの刑に処するように申し渡し、さらなる隠れキリシタン狩りに力を入れるように、厳命した。

「な、長平」忠房はけだるそうに、話しかけた。「わしも長く生き過ぎたのかもしれん。こんな面倒なことになろうとは……」と顎を撫でた。

「殿様、止めてくだされ。殿様はまだまだお若うおはします」

「わしも六十歳はとうに過ぎたよ。余命いくばくもあるまい」

「……」暫しの沈黙の後、忠房は
「早く孫の顔が見たいものじゃ」と言った。

「しかし、こればかりは天からの授かりものゆえ、おいそれとは」長平は頭を掻いた。

「ところで殿様。例の隠れキリシタンの件ですが……」言いよどむ長平に
「構わぬ。いずれ義父と子、何の気兼ねもいらぬ」と言った。

「有り難きお言葉……。実はご存知のように、私の出は小豆島。航海途中、嵐に遭い船は難破。その節、助かったのは私のみ。その私を救ってくれたが、隠れキリシタン縁《ゆかり》の者でした。ご立腹なのはよく分かりますが、どうかこの件、私にお任せいただくよう存じます」

「何か、よい手立てでもあるのか」

「火刑は見せつけるだけでも、大きな効き目がございます。暴漢を磔にして、燃材は積み上げるだけにして、点火は見合わせる。これでよろしいのではありますまいか」

「いや、それではキリストは復活してしまう」

「では、キリシタンにまつわる文物の焼却、偶像の類のもの全てを破壊してしまいます」ここにはまさに父吉郎の考えの断片が垣間見える。かつて吉郎は王直の子孫とそのことについて、大喧嘩したことがあった。

「なるほど。さすれば、寄って立つべきものがなくなるから、自然、キリスト復活も反故になる……か」忠房は腕を組んで頷いた（いや、その真意は、文物や偶像の類は、信仰にとって直截的な影響を与えるものではない）。長平はその信念をごくりと、のみ込んだ。

「お父上、これまで仕上げたのは（事件をあからさまにしたのは）長平殿の弟吉常殿だそうでございます。どうか、早くお怒りをお解きになって、いつまでも長生きしてくださりませ」

「吉常、おお、あの元気のよい若者か。あれは何をやらかすかしれぬ、夜叉というか、不敵なものを持っているようじゃ」

「父上は吉常殿がお嫌いですか」と案じる姫に

「いいや、そんなことはない。若いうちはむしろあれくらいが、丁度よい」暫し間をおいて

「そうか。あの者が暴漢をあぶり出したか。いや、わしの目に狂いはなかった」と膝を叩いた。長平も溜飲が下がる思いであった。

機は熟していたとは決していえないが、殿様の強い意向があり、瑠音と長平の婚礼の式が設けられた。式は財政事情を鑑み、家来への金一封も取り止められ、質素なものとなった。

吉常は祝いとその功績により、厩《うまや》の番人に取り立てられた。

馬小屋には五頭の馬が飼われていて、日頃の手入れがいいのか、毛艶のよい馬ばかりであったが、その中でもひと際目立つのが、春菊といわれる白馬であった。吉常はこの白馬が大

事に、役立つように、調教に心血を注いだ。そのうち馬の方も、自分が可愛がられているのを、よく知るようになり、いつもその鼻づらを吉常に擦りつけてきた。

そんなある日、吉常は夢を見た。白馬に跨り大空を駆けている自分が、十文字が描かれた扉の向こうに、吸い込まれてゆく。そこには貧しい身なりで、怯えた目をした人々が、十字架の前に集い、祈りを唱えていた。そこへ白馬に乗った吉常が姿を見せると、みんな歓喜の声を上げた。《さん・ちゃ・ご》《いえじし・まりあ》の大合唱が起きた。吉常は最初これが意味するものを知らず、十文字の鍵の掛った小箱を開けると、突然、周囲が見えなくなるくらいの白煙に覆われ、白煙の中から、一人の若者が現れ、十文字を切った。——そこで目が覚めた吉常は、白馬に顔を舐められている自分が、そこにいることに気付いた。

やれ不思議な夢を見たものよと長平に話すと、恐らくそれは先祖がここへ渡る前に起きた乱（島原の乱）と関係するものであろう、と言った。そして、キリシタン信者の供養をしてもらいたい、とお主の夢に現れたものであろう、とも言った。

「しかし……」と長平は腕を組んだ。彼らは信仰のためなら、死をも恐れない。その彼らが供養などというのも合点がいかない。彼らは『今生きている仲間を救ってほしい』と言いたいのではあるまいか。きっとそうだ。迫害や拷問を止めて、他宗教と同じように、キリスト教も自由に信仰できるような世の中にして欲しい、ということを言いたくて、吉常の夢の中に現れたに違いない。——長平はそのようなことを吉常に言った。

そこで長平は閣議に諮り、宗門改めの見直し作業に取りかかった。喧々諤々の話し合いが始まり、会議は踊った。勿論、夢に踊らされた会議など、前代未聞、との意見も出た。そして、最後は城主の結論待ちということになった。そこで長平は、

――《周りに影響が出ない範囲で、『宗門改め』の制度を一時凍結する。尚、意見のある者はいつでも申し述べよ》武井――の高札を辻に建てた。これだけの言葉を得るために、忠房はどれほど、東奔西走したことか。

そしてこれから丁度半年後、城の大手門に、わかめ、こんぶ、もずく、さざえやあわびなどを満載した一台の大八車が置かれていた。それには

〽温かき君がとりなす　三つの灯
永久に消えんこと　十字架に祈る
松浦　与兵衛

そして不敵にものうぜんかずらが一輪添えてあった。どうやら与兵衛は、深くキリシタンに関わってしまったらしい。

第六章　旅

ここで問題が起きた。いや、長崎奉行より、高札の件で問い合わせがあったのである。問題は次の二点である。一つは武井という者の素情が知れぬ、ということ。もう一つは誰が、宗門改めの制度を一時凍結を許可したのか、ということ。

もはや済んだ問題を蒸し返すなど、馬鹿げたことであったが、これは逆に、幕府のキリタン対策が、いかに厳しかったかを示す証拠でもあった。それほど、あの島原の乱が幕府に与えた衝撃は大きかった。長崎奉行も成立当初は、一人体制の簡単なものであったが、やがて三人制になり、元禄十二年（一六九九）には、四人制になった。

忠房はすぐに、重臣たちを呼び、このことの審議に入った。

まず武井とは何者か。この動議に対しては、松平家と姻戚関係にあり、下級武士ではあったが、松平家の趣旨に見事に応え得た、優れた人物である。松平家の趣旨とはいうまでもなく、文武両道に励む姿勢に他ならない。従って、後進に報いるに優れた人材こそ、必要不可欠なものである。今回取り上げた武井長平である、と結論付けた。

　そして、この人物が指摘した、宗門改めなる制度の凍結は、キリシタンにまつわる文物の焼却、偶像の類のもの全てを取り締まるのであって、人を傷付けるものではない。これも松平家の趣旨に合致する。だが、誰がこの鈴を猫に付けるか、である。

　この時である。

「私が参りましょう」と言ったのは、他でもない、瑠音であった。これには参列した重臣の全てが驚きの声を発した。

「しかし、この大役が姫様に務まるかどうか」と腕を組む家老。

「やってみなくては分かりませぬ」

「姫様は本気で言っておいでですか」重臣が言う。

「勿論です」

「でも、姫様は当家の大事。そのお体に、もしものことがあれば大変です」

「いえ、かえって女の方がうまくいくこともありましょう」

「武井殿は如何に」との家老の弁に
「私も共に参りましょう」と、長平は武者震いした。

こうして二人は島原街道を長崎に向けて、出立することになったが、ここのところ少し雲が早い。風雲急を告ぐが如くではないが、人々は早い時間から戸締りを始めた。長平は何故か体の調子が悪くなった。どうやら幼い時の（遭難した）記憶が知らず知らずのうちに、表れてきたらしい。何となく不吉な予感がしたのである。そうこうするうちに、やがて波は荒れ、風は激しさを増してきた。暴風雨襲来である。人々の中には龍が天に昇るのを見たと言う者まで現れた。

恐ろしい暴風雨の爪跡は甚大だった。倒れた家屋千二百戸。延宝六年（一六七八）のことである。そして、人々の傷跡も癒えないまま、翌月再び暴風雨はその牙をむき、襲いかかってきた。この時の被害は、倒壊家屋二千六百戸、作物の被害はざっと五千石。

驚くべきは、この時、長平も城にいたのであるが、忠房の取った救済策の早かったこと。貧商に惜しげもなく麦を、貧農には種穀を与えたのだった。

丸太と板を縄で組んだだけの粗末な家とはいえ、そんな吉郎たちの住まいも、無傷ではいられなかった。口之津村では長平を除く家族三人が家の建て直しに追われた。

やがて、嵐も去り、ひと段落つくと長平と瑠音は、いそいそと旅支度を始めた。二人は少し遠回りになるが、南へ下ることにした。そこにはキリシタンにかかわる、史跡が多かったからである。瑠音は心ひそかに、この旅立ちを喜んだ。二人は父親に駕籠を使うように強く言われたが、あえてそれを辞退して、馬と人足に頼ることにした。剣の用意も辞退した。二人は武士の身なりを捨て、あてなく歩く旅の二人連れのような格好をした。忠房は「いま建造中の小濱神社の小濱大明神が守ってくれよう」と言い、長崎奉行宛の一通の書状を託した。

島原を出発して、二人は早翌日には原城址に着いた。切り立った岸壁の野城は四十年たっても、何かを訴えでもするかのように、沈黙の音を辺りに放っていた。荒れ果てた台地が、激しい過去を物語っていた。突然多くの人々の阿鼻叫喚《あびきょうかん》の声が聞こえた。長平は耳を塞いだ。だがそれは一陣の旋風《つむじかぜ》の音であった。

「ここで、幕府軍とキリシタンや農民の戦いがあったのね」瑠音はそっと手を合わせた。

〈寛永十四年（一六三七）、城兵三万七千人と幕軍十二万四千人が激突した。城兵のほとんどが死亡。ただ天草四郎の死体を見た者はいない〉というのが、もっぱらの噂であった。

「それが吉常殿の夢に現れたとかいう……」瑠音は怖そうに言う。

「うむ、死霊なのかもしれない」

「何か気持ちが悪いわ」瑠音は震えている。

「なんの、手を合わせさえすれば、霊が近付くことはない。もともと善良な人であるゆえ」

「神の名の下にまだ生きているのかもしれないね」とは瑠音。

長平が何気なく蹴った石は、ひびが入り乾いた人の頭蓋骨であった。長平はそれを拾い上げると、崩れかけた平らな石板の上に置き、手を合わせた。

「残酷な話だ。女や子供もいたろうに……。まるで地獄図を見るようなものであったろう」

「地獄も極楽もこの世にあるのね」

「尚舎文庫のさる物語には、小野篁《おのたかむら》という官僚は、この世とあの世を行き来、出来たと言う。そして地獄の閻魔大王に謁見し、浮世のことをつぶさに話すことがあったらしい」

「私たちの行いの全ては、筒抜けなのね」

「うむ、天網恢恢《てんもうかいかい》疎《そ》にして漏らさずという言葉もある」

「いやだわ、私たち誰かに見られてない」

「それは見られているだろうな。閻魔様が命の台帳を眺めておいでであろう」

「早く行きましょう」

「まぁ、お待ちなさい。一生に一度、こういうことは二度とはないのだから、ゆっくり拝んで行こう」

「もう、たくさん」

長平はこの一区切りの野城に、手を合わせるだけではなく、何かをしてやれないか、考えていたが、懐から小刀を取り出すと、それを自分の腕に当て、手前に引いた。鋭い痛みが全身を駆け抜けた。「何をしてるの」と瑠音は顔色を変えた。その声が止むか止まぬかの間に、鮮血が迸《ほとばし》り出た。それを先ほどのひびが入り、カラカラに乾いた頭蓋骨に持って行った。すっかりあっけにそむほどに、血を流すと、幾分、何かをしてやれたような気がした。でも、すぐにそんなことも甘い感傷的な行為だと思え、うろたえながら血止め薬草（よもぎ）を探した。
そして瓦礫と化したキリシタンの学林セミナリヨや、キリシタン墳墓などを見、暗くなる前に、吉郎の家に着いた。

大嵐の影響でも、どうにかもっている状態の我が家。これはあたかも竜宮城から帰った、浦島太郎の話を彷彿させる荒れ方であった。それでも二人を目ざとく見つけたのは吉郎であった。
「どがんごとしよるな（どんなにしているか）」と柔和な顔で聞いた。「さぁ、入れ」と言いながら、出入口の破れた筵《むしろ》を跳ね上げた。
「殿様から大事なご用を仰せつかって、長崎へ向かう」
「そうか。ばってん、長崎は遠かぞ」そんなところへ
「ああ、元気じゃったね」とおつねも顔を見せた。そして
「ゆっくりしていけ」何の屈託もないこうしたやりとりに、目を丸くする瑠音。ひとくさり挨拶が済むと、二人は台所に近い方に移動して、膝を立てると、二の腕をついて深々と頭を垂れた。
「お姫様におかれましても、つつがのうお暮らしの模様。結構至極……。こんな汚い小屋へ

ようこそお運びいただき恐悦至極にござります……」吉郎の挨拶に思わず顔をほころばせながら、

「そんなにかしこまれんでも……、どうぞ、お手をお上げなさいませ。こちらこそ突然お訪ねいたして申し訳ありません」

「とんでもありませぬ。……勿体ないことで。ところでお姫様は何をお召し上がりで」とおつねが訊くと、

「私は背切りなる魚料理がことのほか好きでして」と言い、ちらっと長平の方を見た。

「お姫様は背切りってご存知で、これはこれは。して、お姫様は……」と話していると瑠音は、

「どうぞ、《お姫様》はお許しください。瑠音で結構でございます」

「まぁ、何という奥ゆかしさ。勿体のうございます」

「よう、こんな下級武士をご指名（結婚）なさったもの。痛み入ります。では、早速背切りの準備を致しますゆえ、ごゆるりと……」と言いながら、吉郎は立ち上がった。

暫く台所でコトコトと音をさせていたが、やがて吉郎が、背切りを持ってやってきた。

「お姫様、これが背切りにございますれば、この秘伝の柚子《ゆず》味噌にて、お召し上がりを」と、小さな小瓶を差し出した。

「まぁまぁ、恐れ入ります」姫は着物の袖の裾をからげ、白い腕を伸ばし、細い指で箸を取

った。

「では、遠慮なく」姫は、それを口へ運んだ。そして
「まぁ、こんな美味しいもの初めてですわ」とにこやかに言った。

「親父の背切りは、近所でも評判でな」と頭をかく吉郎を自慢する長平。

「なに、それほどでも」

「長年の経験によるものであろう。小豆島（瀬戸内）と口之津（九州もしくは西欧）文化の融合とも言えるのではあるまいか」

「酸いも甘いも噛み分けていらっしゃるのね」

「最高の褒め言葉だろう。父上、異国との融合だと」

「恐れ多いことじゃ。人にこれほど褒めてもらったことなど、初めてじゃ」すっかり恐縮して頭をかく吉郎。おつねは蠟燭に火を点けた。柚子色の灯りが狭い空間を照らし、その夜は遅くまで消えなかった。特におつねは遅くまでかかって、弁当を作ってくれた。


二人は吉郎夫婦に見送られて、これから加津佐に向かう。

十分くらい歩いたところに二人は《下馬松》という、この地を治めていた有馬の殿様が、お寺参拝のおり、馬を留め、広大な海を見つつ休息したという場所に着いた。

「綺麗な眺め……少し休みましょ」と瑠音は上着を松の枝に掛けた。

それが東風《こち》の風に揺れる。そして風のいたずらか、並んで海を見る二人を覆い隠すように、かぶさってしまった。新婚夫婦に時間的制約などあろうはずがない。やがて暫くして、瑠音は髪《くし》を直し、小袖の皺を直すと、二人して立ち上がった。

二人は南串山に着いた。そして思わず足を止めた。それは素晴らしい眺望ゆえである。

「今少し行ったところに、湯治場《とうじば》があると聞く。そこでゆっくりしようぞ」二人の足はまた軽くなる。

この湯治場が小濱という村である。なるほど、盛んに湯煙が上がっている。これこそまさに、雲仙の恵まれた湯で成り立つ秘境。そこに息づく一軒の宿に投宿することにした。就寝するにはまだ早く、時間も随分あるので、出掛けに忠房が言っていた小濱大明神を訪ねることにした。まだ建造中とあって、石材や金具、それに大工道具などが散乱している。それでも二人は、手を合わせるべくある己の境地に感謝するのであった。

温泉でのもてなしは、口之津と同様、山海料理であった。さざえの壺焼き・あわびの踊り食い・伊勢えびの蒸したもの――これらはかつて松浦与兵衛の貢物にもあったが、流石に鯛の生け造りや、いさきの刺身、それに鯖の押し寿司、特に口之津名産のいぎすと、海産物でお膳の上は、満杯状態であった。そして、すっかり腹一杯になった長平は、腹ごなしだ、と笑いながら、二度目の温泉に行った。その間、瑠音は慣れない洗濯をした。

瑠音は長平と入れ替わりに温泉へ行った。小さな石に囲まれた湯船から惜しげもなく、お湯がこぼれ、竹製のお湯取りから盛んにお湯が注ぎ込まれている。瑠音は小袖とけだしを脱ぐと、そこには何と美しい、透き通るように白い肌が現れた。五体を濁り水のようなお湯に浸す時、底知れぬほどの幸福感が湧いてきた。〈お城のことなど今はどうでもいい。私はあの方について行けばいいんだ。普賢岳でのめぐりあい。あんな偶然があってもいいものか。これはきっと仏様の、お計らいに違いない。彼は下級武士の出であるが、例え身分制に差し障りがあろうと、今はそんなことはどうでもいい〉という甘い囁きに誘惑されながら、その細く白い素足に、お湯をかければ、それは小さな水滴《つゆ》になって、こぼれて落ちた。

部屋へ戻ると、長平は布団の上で引っくり返って、眠っていた。

翌日、人気のない千々石《ちぢわ》、愛野の高台から橘湾を望み、美しい景観に涙が出そうになった。そんな美しいところを故郷に持つ、幸福な自分を感じたからである。振り向くと瑠音は、目をつむり手を合わせていた。その姿はどこかで見たような気がした。〈如意輪観音様だ。あの優美で穏やかなお顔によく似ている。罰あたりめが。選りにも選って、一人の人間の女を如意輪観音様呼ばわりするとは〉彼は笑った。

「何がおかしいのです」と言う姫に

「お主が如意輪観音様に見えた」

「まぁ、それはどういう意味ですか」

「言葉の通りだよ」

「私が何も言わないから」

「そうとは限らんよ」

「早く、その真意《いみ》を教えてくださいまし」

「自分でいいようにお考え」

「考えても分からないわ」

「それでいいんだよ」

「よくないわよ」

「お主がよく出来ているってこと」と長平は言い、瑠音の回りを腕を組んで、グルリと一周した。

こうして、いつ出来たのかしれぬ、この展望所に別れを告げ、二人は次へと向かった。

二人は夜を昼に繋いで、歩きに歩いた。そして出発してから三日目を迎えた五月の末、無事長崎へ着いた。

当時の長崎は、いわゆる鎖国令が出て、町の中心を流れる中島川河口における、出島でしか交易は許されぬ異常な状態にあったが、町は目を見張るほど活気に満ちていた。かつて口之津もこのように、活力に満ちた村でもあっただろう。それは膨大な資料がそれを証明している。

ここには珍しい食べ物があり、道で踊りを踊ったり、見世物小屋には人だかりが出来ていて、それが二人をひどく開放的にした。

二人はその中でも、特に客を集めている集団を覗いて見た。どうやら蛇使いのようだ。彼はむき出しの左腕に今まさに、刀を当て、傷を付けようとしていた。瑠音は早く行こうと、長平の袖を引っ張ったが、

「少しだけ」と頼み込み、その見世物に見入った。結局、傷を付けた腕に塗る薬を販売しているようである。そしてその薬が、蛇の入った瓶から、抽出するものらしい。瓶の中には大きな白い蛇――はぶだという――が入っていた。

二人は、その日のうちに、長崎奉行を訪ねた。だが、奉行は不在で、代わりの御用聞きが応対に当たった。仕方なく、用向きを話して、明日再来することを約して、二人は今晩の旅籠を探した。

流石、音に聞こえた長崎には、瀟洒な建物が多い。目を見張るような巨大な提灯を吊るした中華料理屋や、けばけばしい装飾の衣料品店、弁柄格子の旅籠、赤色や黒色があしらわれた小間物屋。そこを行き交う人々の数の多さはどうか。そんな賑わいと喧騒の中、二人は眼鏡橋の近くに宿を取ることにした。

「まぁ、奇麗な遅れ蛍」瑠音は思わず声を上げた。

「おお、なんと……」と声にならない声で、子供のようにはしゃぐ長平。一匹の蛍が瑠音の肩に止まった。

「お主が好きらしいな」そう言いつつ長平は、うちわで蛍を追い始めた。

〽ほほ　蛍　こっちにベッピンいるぞ
　ほほ　蛍　そっちは怖い蛇出るぞ

「まぁ、このはしゃぎよう。まるで子供みたい」と瑠音が叫ぶ。肩に止まっていた蛍が飛び立った。いつまでも絵のように存在したい、女の未練のようなものが、瑠音を襲った。〈例え武士の娘でも、女に変わりはない。男を追って、例え地の果て海の果て……か〉瑠音は空を見上げた。梅雨の合間の星は洗われたように奇麗で、まるで降ってくるかのよう。そしてそれが蛍になって、地上に訪れたかのよう。この時がいつまでも終わりのないよう、祈ることしか出来ない女一人。

「さぁ、明日はひと勝負だぞ。瑠音」この時、瑠音は夫が、初めて自分の名前を『瑠音』と呼んでくれたことに、心を動かされた。だから、思わず、

「あなた、私も一緒よ」とやや高ぶった声で応じたのだった。

　雲は切れ、朝から爽やかな五月晴れ。いよいよ今日がその正念場と身支度を整え、勇んで宿を出た。勿論、忠房から託された書状は忘れることなく、携行した。

立山の奉行所に入ると、何か物々しい空気が満ちていて、威圧的である。二人は筵の敷かれた土間に座して待つように指示を受けた。

間もなくして、長崎奉行所の主、河野通定と名乗る者が現れた。いかつい目をした強面の大男で、瑠音はすっかり怖気《おじけ》づいてしまった。その男が一人の書記官を伴い、部屋の中央に座すると、

「面を上げよ」と声も閻魔並みの嗄《しゃが》れ声で、泣く子も黙るほどの大声である。続けて

「さて、用向きは松平殿の願いという。間違いないか」

「はい」

「では、その書状を見せるがよい」

「ははっ」という訳で、長平は松平忠房から託された巻物を渡した。ところがそれを開く紙の音が何やら騒がしい。そして、暫くしてそれは激しい怒鳴り声に変わった。

「何だ、これは……」河野はその書状を長平めがけて投げつけた。

「何も書いてないではないか」怒鳴り声に、その書状を広げてみると、何とそれは白々としたただの和紙でしかなかった。河野の怒りはすごかった。左足を前に出し、上体を斜めに構え、斬りかかるように殺気立った。この時、長平はいささかも慌てず次のように言った。

「それは重大事ゆえ、主君が意識して仕組んだもの。答えは頭の中にございます」そう言うと、長平は、

「ここもと、禁制のキリシタンに助けられし者を使いに出すは、これからの時世において有望なるがゆえである。余が使いに出すは、大切なる我が側近の武井長平という者。この男、聞こえに増して有望なる知性。この男が申すには（声を落として）、このところのキリシタンの取り締まりは、明らかに行き過ぎの傾向あるに加えて、『宗門改め』なるものもあまりに過激的代物。しかるに、ここは貴殿の度量と気骨により、回避ないしは軽減の、申し入れを行うものなり」と、朗々と弁舌したのである。

この時、一人の武士が河野に近寄り、耳打ちをした。じっと聞いていた河野は、おもむろに口を開いた。

「その申し開き、賛同する訳にはいかぬ。いずことなりと立ち去れい」激しい口調で言い、その場を立ち上がり、去ろうとする河野に

「お待ちくだされい」と引き留める長平は

「松平といえば、徳川様の身内にも匹敵おはす方。その方の申し入れを反故になさるは、私のみならず、あなた様にとっても、百害あっても一利の利益にもなりませぬぞ」と声を掛けると、立ち止まって、

「問答無用。立ち去れい」と言う。

仕方なく立ち上がる二人を見送る河野は「待った」を掛けた。そして

「その女、名は何という」と聞いてきた。

「申し入れをお聞きなさらぬお人に、何故に名乗らねばなりませぬか」と言い立ち去ろうとする、その後ろ姿に、

「観音様を見た」大男は驚き恐れ、素足で庭に降り、頭を地面にこすりつけた。

「何をなさいます」

「ああ、何と言われようと、私はあなた様の下部《しもべ》でございます。あなた様の申し出、有り難くお聞きし、きっと上申いたしましょう」大男の河野は、立ち去ろうとする二人を引き留め、長平に盃を渡した。この態度の急変に、二人は大いに驚き、うろたえもした。河野が申すに瑠音の背後に恐れ多くも観音様が見えるという。


こうして大仕事が済み、その喜びを胸に、長崎見物もそこそこに、そそくさ島原への道を辿った。

「何が功を奏するものやら」

「ほんに。私が観音様に見えますか。不思議なお方でした」

「しかし、殿様はすごいお方だな」そして、

「一度に二つの問題をお出しになる、とは」と言った。

「それは」

「無地の書状と、瑠音を観音様に仕立てたところじゃ」

「私が観音様などと、買いかぶりだわ」

「それは大男の母御前であってもいいわけだ。そんな面影も見え隠れするの」

「それなら私、納得がいきます」

「ま、けなされるのより、ずっと上だ」

「それにしても、大きな仕事をなし得て感無量にございます」

「これで疑いは晴れ、我が名誉も保たれることになる」

「ほんにようございました」

日柄もよく、二人は馬で島原街道を小濱まできた。そして小濱神社に、今回のことで厚く礼を述べ、二日ほど寝泊まりをした。

そしてここで初めて、甘藷《かんしょ》なるものを味わった。これまでも話には聞いていたが、これはとても甘い物で、甘い物好きの瑠音は、合わぬものにでも会ったように喜んだ。早い話がただのさつまいものことである。これは蒸して食べるもので、丁度幸いにして、温泉の熱が利用された。ここに住む太郎兵衛と、左平という二人の男がごく最近、栽培に成功したらしい。後に青木昆陽という儒学者で、蘭学者でもある男が、《蕃藷考《ばんしょこう》》なるものを著わし、栽培の普及を奨励したという。少なくともこれは年貢のあり方にも、一石を投じることになる。

長平はこの珍しいものを、口之津・島原への土産として、たくさん買い込み、瑠音と共に馬に乗せた。道中これは馬の食糧ともなった。

丸丸二日かけ、二人は口之津に着いた。吉郎夫婦は無事の帰還を喜ぶと共に、差し出された甘藷に目を見張った。

「これはな、甘藷というもので、蒸しても焼いても炊いても旨いぞ」

「何という胡散なものを」と言いつつ、吉郎は早速、長平に言われるままに、それを釜に入れ竈《かまど》で蒸し始めた。

「そうそう、箸が通るようになれば、もう煮えとるという訳たい」との言葉に、吉郎もおつねも恐る恐る、その丸くて熱いものをフウフウしながら、口に入れた。

「おうおう、これは何と甘いものじゃ」吉郎が言えば、それを見ていたおつねも、箸にさして食べ出した。両親のその微笑ましい姿に、長平夫婦は初めて、旅の疲れを癒すことが出来た。

第七章　領主の死

翌日。

長平夫婦は口之津を後にして、島原へ向かった。

島原では領主の忠房が待ちかねていて、早速の酒肴となった。

「全くお父上は読みが深い」と長平が言うと
「何がじゃ」と顎を撫でた。

「全く無地の書状でございます」

「それがどうした」

「あれは私の腕を試そうとなさった行為と受け取りました」

「何のことかの―」

「お父上のご温情、しかと受け取りましてございます」

「……」と忠房は言葉に詰まる。暫く沈黙が続いた後、ふと思い出したように「わしが何か申したかのー」と、空ろな目を瑠音に向けた。「いつもの父上と様子が違う」事情を察した瑠音は、

「父上は様子が変じゃ。誰か……」と叫ぶと、忠房は「少し、眩暈《めまい》がしただけじゃ。騒ぐでない」と、瑠音を押し留め、

「わしももう年じゃな」と笑うが、やはりもうひとつ、キリッとしたところが見受けられない。「大丈夫ですか」と長平も声を掛ける。

「大丈夫じゃよ。さぁ、もっと飲め」と盃を渡す手が震えている。長平も異常を察して、

「瑠音、お父上は疲れておられるようじゃ。少し早いが、お休みいただこう」と言った。

「誰か、おらぬか。爺はおらぬか」ただならぬ瑠音の声に、筆頭家老が飛んできた。

忠房が去った後、家老を交えた三人は、ただならぬ事態に、膝を交えた。

「あれはまだら惚けの兆候。父上もお年ゆえ、来るべきものがきたようじゃ。だが、まだ症状は軽い」

「世継ぎを考えねばなりますまい」

「まぁ、何てことを」瑠音は、たもとの陰で爺を睨みつける。

「殿様の生命《いのち》は自分だけの生命でもあり、また領民の生命でもあります。したがいまして、少し残酷ではありますが、そのためにも跡取りのご準備をなさねばと」

「何を申す。殿はまだご健在だぞ」

「さすれば早く手を打つべきでありましょう」家老は言う。

「事が起きたのは今回のみか」

「松浦与兵衛から荷物があった時も、少し」

「のうぜんかずらの毒にあたったか」

「それも考えられますが、やはりお疲れのためか、と」

「すぐに皆を集めよ」


城内は物々しい空気に包まれた。話はもつれにもつれ、長い年月が流れ去った。そして喧々諤々の議論の末、忠房は隠居し、その子は暗愚なため問題外として、領主は武井長平ということに決した。元禄十一年（一六九八）のことである。

長平の方針の大筋は、台所は石高六万五千九百石で、松平家の伝統である武芸を奨励し、尚舎文庫の充実を図るべく、文武両道にまい進すること、そして庶民から広く意見を聞くべく御用箱を設け、そして長崎奉行から獲得した、「宗門改め」に関する宗教政策の実施を高々に掲げた。

だが、順調な藩運営の途中、悲しい出来事が起きた。徳川綱吉の頃、江戸に赴いていた忠房が没したのである。元禄十三年（一七〇〇）であった。キリシタン関係のいざこざが、死因とするもの、もはや寿命との声もあったが、真相は謎である。これは新政権の先々を予感させる象徴的な出来事となった。

「お父上のご苦労を無にしてはいかん」

「お父上は領民の者たちにそれはそれは、大変慕われておりました」

「一番に感謝申し上げたいことは、下級武士の吾輩と姫との縁《えにし》。そして、差別の世でありながらわしを、一人前の人間として扱ってくれた、その度量」

そして、もう一つの悲しみ、それは吉常が慕っていた大和流（一名、日本流）弓術指南、森川四郎左衛門秀一が死亡。島原の快光院に葬られた。長平の弟、吉常は何としても一度はご指導いただくべく、その日を心待ちにしていたが、それが叶わず、涙滂沱《ぼうだ》となった。

今は宝永元年（一七〇四）の某月。

この年、島原地方は未曽有の飢饉《ききん》に襲われた。藩は飲料水も厳しく管理して、掟を破った者は厳罰に処した。中には馬の小便を売り物にする者も現れた。樹液を求めて徘徊する者すら出た。有馬村海岸では、一日中、まて貝を取る者三千人に及んだ。藩は芋や米麦の放出を図ったり、粥などを炊き出し、支援を行った。

長平はこの時、激しい憑きものに襲われていた。体中が痙攣《けいれん》し、熱が出た。幼い頃のあの不可思議な天草四郎の経験が、再現されたのである。馬小屋のかかりつけの吉常が留守の時、あの白馬が忽然と姿を消した。そしてその夜、青い稲妻と共に、雷鳴が轟き、大粒の雨が降り出した。雨は大地を潤し、生き物に活力を与えた。そしてこの時、不思議や長平の痙攣が嘘のように消え、熱が下がった。

今度はつきっきりで看病した瑠音が倒れた。だが、それも間もなく快癒した。これは天草四郎の神技、長平は固く信じていた。

この頃、勘定方は悲鳴を上げていた。というのはこの地も時勢のあおりを受け、いやこの地だからこそ言えるのかもしれないが、貨幣経済の浸透で、農業が衰退し財政は逼迫《ひっぱく》。遂には長崎商人の融資を受けるという破目に。それに島原も手をこまねいていたばかりではなく、《島原大概様子》書（一説には一七〇七年）で総検地を実施した。

——信頼できる資料によると、

口之津村記録者　団竹衛門、種村新五兵衛の記録では、次の通りである。

一、石高　四四三石六斗三升六合

一、田　　六八町七反一畝二四歩

一、畑　　八十町三反三畝二七歩

内七反を庄屋に給地　一町二反三畝十八歩を、乙名三人　問屋一人に給地

一、港一周一里十二町

奥行　十二町

幅　八町
深さ　七尋
船千隻程、船掛の場所
唐船漂着村、相勤候に付、役畝
三十町歩諸役免許
一、遠見番所　二ヶ所　町名浜付にあり
出番所　一ヶ所
下番所　一ヶ所
米蔵　一軒
材木小屋　一軒
一、人口　五、二八三　男二、七〇一人
女二、五八二人
戸数一、四四九（一戸平均三・六人）
牛　三九九頭
馬　八十頭
※領内人口　一一四、六九一人
一、男は農業の合間に塩焼、諸商い草苫拵え、春は

わかめ取り、女は布木綿を織った。

――資料は《郷土の歩み》白石正秀氏による――

長平夫婦、城主とその妻、瑠音には子供がなかった。み仏に祈願はすれど、その効果は全くなかった。いみじくも前領主、忠房公が口にした『早う、子が見たい』との予見は、全く逆の願望として、実現したようであった。

「すまぬ」それが口癖になるほど、責任を感じるものであったが、これぱかりはいくら長平が神がかった人間としても、ままならなかった。

この度、久しぶりに実家へ帰ったのは、父、吉郎の危篤の知らせがあったため。

生きとし生けるものはひとつの例外もなく、あの世へ旅立たねばならない。それはどうにもならない運命であるのに、やはりそれに抗おうとする。だがどうにも出来ないことを知らしめさせられるだけである。

「あんた、長平たちが見えとるばい」腕を擦りながら涙ながらに言う、おつね。

「長い旅であった。小豆島から二百里。だが、もうすぐそれよりずっと長い旅が待っている。草鞋《わらじ》は揃うたか、麦藁《むぎわら》帽子の用意は……杖はあるか……長平」喘ぐように言う。カッと、その天に開かれたうるんだ目は、何を見ているのか。

「あんた、しっかり」他に何も言うことはない。今生の別れなのに、何の言葉も思い浮かばない。長平も吉常も黙ったまま、見守るのみ。いつその口から大事なものが飛び出すかもしれない。ただ、無事に昇天を、と冷酷な見送りしか出来ない自分の拙さ。

「父上、親孝行なこと、一つもしてやれず、ごめん」長平の言葉は聞こえたろうか。横たわる吉郎の頬に微かな笑みが見えた。

「長平に吉常、後は頼んだぞ」と途切れ途切れに言う。その懸命さが涙を誘う。

「分かっとる、分かっとる」『安心せんね』と言っていいものか、どうか。親子の間には他人《ひと》は入れぬ。

「先に行ってお前たちを待っとく。その頃はまだましに、なっとるじゃろけん（なっているだろうから）」この世とあの世が交錯する世界にいるらしく、思わず目頭を押さえる三人。

「あの世は安楽の地。思うた通りになる、自由の地たい。飯も腹いっぱい食われる」

「いつも明るく色とりどりの花が咲き乱れ、醜い争い事など一切なく、笑って過ごせる、安住の地たいね」おつねが言えば、瑠音は

「そしてこんな辛い別れなどなく、呼べばどこからでも飛んできてくださる。お父上も。いつの日もにこやかで、静かで……」と続けた。この時吉郎は静かに息を引き取った。

厩《うまや》から抜け出した吉常が帰ってきたのは翌日の、明け方であったが、そのことに誰も気

付かなかった。厩には吉常の白色の愛馬もいたし、表向きは何事もなかったように静かであった。だが、よく見ると、白色の愛馬、春菊はまるで雨に打たれたように、ぐっしょり濡れていた。

その背を拭きながら、吉常は昨夜逢った女のことを想っていた。するとどうしても自分の年齢のことが思われた。五十歳の老いらくの恋。正式に式など挙げて、世間から好奇の目で見られることには、抵抗があった。恐らく相手もそれを望むことはないだろう、と考えてみれば、人目を避けての逢瀬しかない。〈父が死に、兄者に跡取りがいない、わしにも子がないとすれば、武井の本家はこの代で終わりか〉と吉常は考えた。〈さすれば年老いた母を誰が面倒みるのか〉という切実な問題まで起きてきた〈そうだ義姉者《あねじゃ》（瑠音）に相談して、お城に引き取るか、お女中を武井家につかわすようしてもらうか決めよう。何とかなる〉そう結論付けた吉常は、せっせと、褌一枚で厩の敷き藁《わら》の交換に汗を流した。しとどに汗で濡れた体を拭き、新しい藁に倒れ込むように、五体を投じると、そのまま眠ってしまった。

どれくらい経ったであろう。目を覚ますと辺りはもはや、夜の帳《とばり》も落ちていて、今しがた一人の女が、薄明るい蝋燭の光に揺れながら、吉常のところへやってきた。すぐに辺りは深い闇に覆われた。

そのうち、ぼそぼそと話す男女の声が、馬の寝息に混じって聞こえてきた。（小さい声で）

「あなた、子供よ、子供」

「何、子が出来た」

「しっ……」

「でかした、紫苑」（どうやら、しおんという名前の腰元であった）男は女を抱きしめた。

「これで兄者を出し抜いたぞ」吉常は拳を天に突き上げた。馬が怯えて、素っ頓狂な声を出した。

〈わしは常に兄者を意識して、生きてきた。その兄者は城の主に落ち着き、表舞台で活躍してきた。わしは一介の馬の世話役として、裏からそれを支えてきた。わしは白色の馬を名馬に仕上げた。白馬は神の使い。わしは神の使いを育て上げた。神の世界に時など存在しない、あってないようなものだ。人間として生きてきて失った二十年は長くて短かかった。だが一度として兄者を忘れたことなどありはしない。そしてわしはそれを乗り越えてきた。さらに、どうじゃ。わしは武井の世継ぎまでもうけた〉

紫苑は「何を考えとると」と黙り込んだ吉常に聞いた。

「うん、生まれてくる子の名前たい」と誤魔化す、吉常。

「良い名前を考えてね」紫苑は裸の胸に頬を寄せた。

「今、幸せかい」と問う吉常に、

「あなたはずっと心の底に、深い闇をお持ちのよう」と答えた。

「二十年間、兄者に仕えてきたからだろうか」

「殿様と仲が悪いの」

「いや、そうではない。でも、何かが……こう、説明しがたい、何か理解できないものがあって、それが、ずっと今まで続いている」

「ごめんね、悪いこと聞いてしまって」

「いいや、いいんだ」と紫苑を抱きしめる、吉常。


ここで深刻な問題が起きた。自分の子供のように可愛がっていた、白馬、春菊の食が細くなった。神がかった馬ゆえ、長生きするであろうと思っていたが、老衰であろう、三日間、何も食せず、横たわって動かなくなった。吉常はその馬の心臓あたりに手を当て、添い寝して励ました。が、夕日が厩を赤く照らす頃、春菊の心臓は停止した。吉常は泣いた。滂沱たる涙に濡れた。


その日は食事も喉を通らず、いつもの突っ張りも、鳴りを潜めたままであった。

心配した長平は、吉常の元を訪れた。

「兄者、わしは右腕をへし折られた心境じゃ」

「よう、分かる。愛児《いとしご》を失くしたような心境。よー分かる。じゃがきっと時間が解決してくれよう」

「うるさい、兄者に分かるはずなどない」

「何と、何故、そう決めつける」

「上から眺めているだけの者に、庶民の苦しみなど分かるはずがなか」

「吉常。いいか、わしとお前は一心同体。《アと言えばウ》という関係ぞ」

「……」

「こうして生きとし生けるもの、我らから去っていく運命にあれば、力合せて、この苦境を乗り切ろうぞ。さぁ、今宵は飲もう」長平は徳利と湯のみを差し出した。

「気の利かぬ兄者にしては、珍しい」

「何を言う。こういう時にと、取っておいたのじゃ」

「たまらんのー。この徳利の音がよーー」

「お主も現金なものよな」

「それは兄者とて同じではないか」と言う吉常の言葉に、安心する長平も本来の下戸を返上して、

「さぁ、飲め飲め」としつこいくらい勧め、自分も飲んだ。その飲みっぷりを見て、吉常は怖くなった。

「兄者、大丈夫か」吉常はその様子にすっかり見入った。

「そういう、飲み方もあるか」

「そうだ、飲め飲め」

「兄者……」

「すまぬ」

「酔ったのか、兄者」

「急に眠たくなった」

「しっかりしろよ」

「ほら、ほら、吉常が元気を取り戻した。この甘ったれめが」

二人は哄笑した。

「春菊は安らかに休んでもらって、また新しい馬を買おう」

「春菊は可哀そうに、その託すべき生命《いのち》がなかった」

「仕方なか、春菊は神の使いじゃったけん」

「その言い方は、苦しみ逃れとは違うな」自分の説を確かめようとして、あえてそういう質問をした。

「吉常よ、我らには同じように感じられるが、馬の世界もそれぞれ個性があるとぞ」

「初めから恵まれとるのと、そうでない馬がいると言うとな（言うのか）」

「うむ、馬のみか森羅万象この世には、司じものは一つとして存在せん、と心得よ」

「だから、生き物は大事にせんと……」顔を紅潮させて言う、吉常。

「うむ」

「有り難いものたい」

「その中でん、特に人間というものは、特殊なあり方をしとる」

「どういうこつな（どういうことか）」

「人間という存在の数の少なさ」

「有り難いこつ」

「自然に、そがんなろが（有り難くなるだろう）」

「なるほど」

「ああ、眠むとうなった。お前ももう休め」そう言って、長平は厩を辞した。吉常もひとたま残った酒をしぶって（しゃぶって=なめて）寝床に就いた。春菊を悼むようにしょぼ降る、時期遅れの雨。

第八章　母の悩み

次の日も朝から雨で、長平は雨の音を聞きながら、年を取り、一人残された母、おつねのことを考えていた。『母は強がりを言ったが、本当のところ、淋しいに違いない。先刻考えたとおり、母の元に腰元一人を付けるか、それとも城に上がってもらうか』迷いに迷った揚句、城に呼ぶことに決した。幸いに雨も上がった正午頃、長平はすぐに母の元に使いを出した。

だが、母はその申し出を断ってきた。その言い分が、《うちはここで生まれて、ここで飯を食らい、ここで働き、そしてここであん人に逢った。ここを去ることは出来ん》おつねの決心は誰も覆すことは出来ないだろう。それなら信用のおける腰元を選び、母のそばにつかせ、万一に備えよう。長平は瑠音に言うとすぐに人選を図った。瑠音は優れた洞察眼の持ち主でもあったから、すぐにその候補を数人挙げた。そしてその中から瑠音は、自分が目をかける腰元、紫苑を挙げた。しかるに彼女は瑠音の側近中の側近、それではたちまち、こまごました用事に不都合を来すだろうと懸念を示す長平に、気丈夫な返事をする瑠音。だが、これにも母は難色を示す。

そしていつしか、それを耳にした吉常は
「わしが参ろう」と吃驚するような提案をした。

「わしはこの仕事に飽きてきた。そろそろ、わが道を得たい」そして
「母はわしの生みの親ゆえ、わしが面倒をみるのが筋でもあろう。違うか、兄者」

「ふむ」

「兄者は母とは畑違い、という考えは持ってはおるまいな」

「勿論、それはない」と言う長平の言葉の裏で、吉常は野に下り、城を知る者として、万民の代弁者を名乗ろうと考えていた。三日前の吉常とはガラリと心変わりをしてしまったのである。

しかし、城を去るにはひとつ越えなければならない難所があった。それは紫苑との、抜き差しならない関係をどう解決するのか、ということであった。小さいことにはあまりこだわらない性格の吉常であるが、紫苑のことは大いに気になった。打ち首は免れようが、兄者には多かれ少なかれ、影響を与えることは、覚悟しておかなければならない。もはや、五十歳。甘さ酸っぱさも噛み分ける年になりながら、どう贔屓目《ひいきめ》に見てもこの色恋沙汰ははばかられる。だが、この心ひそかな恋は、どうしても断ち切ることなど出来ない。まして子供を孕ん

でいるなど考えれば、もはや選択肢などはない。『やるしかない』吉常は長平に理由も告げず、島原城を去った。長平はこの突然さに、若かりし頃、城で催された模範試合の時、竹光を投げつけるという、反則行為に及んだ時のことを思い悲しんだ。吉常のこの突飛な行動は、紫苑がおつねの住む家に、やってきたものと共通する。だから、おつねは大いに驚いた。そして、話を聞いているうちに、事情を察し、その後は突然出来た娘に、大いに同情した。

「そうかい、吉常の嫁さん。まぁ、若いお前さんには、苦労かけるねぇ」

「年の差なんてどうでもよか。わたしゃ、あの人が好きなだけ」

「吉常も今少し、宮仕えを続ければ、あんたも楽になるだろうに。全く向こう見ずなんじゃから」と言いつつ、蒸した甘藷を箸にさして、紫苑に渡した。そして、

「ここにはなーんもなかばい。働くことが食うことになっとる。まるで雀といっしょ(同じ)。ハハハ……」『ああ、これなんだ。こんな過酷な世の中を、こうして生きてこられたんだ。そういえば吉常さんにもそんなところがある。ひとつもこせこせしていない』と紫苑は一人納得した。

「もう、子供が出来たと。まぁ、あん子はそんなことまでしたと」おつねは吉郎のことを思い出し笑った。

「私もうちん人(うちの人)に初めて会うた時、ああ、こん人ならと思うたもんねぇ」

「とても親切で優しか」紫苑が言えば、

「うん、うん。よく気が付き、他人の手が届かんようなところまで、ようしてくれた」

「思いやりがあらすと（思いやりがある）」

「ここの家訓が《人のために生きる》じゃけん、あんたもよう覚えとき」

「はい」紫苑は素直に返事した。

初対面なのに、二人はとても打ち解け合って、話にも花が咲いたよう。

「お義母様とは初めて会うたような気がせん」

「うちもそんな気がする。よかたい。どうせ、あんたんごたる女ん子の一人や二人、面倒みようだい。おや、あいが（あの子）が帰ってきたごたるばい（吉常が帰って来たようだよ）」

おつねは言い、玄関に向かって、

「釣れたなぁ。慣れん（慣れない）仕事はきつかろ（つらい）」

「なんの、昔取った杵柄。すぐ慣れた」吉常が大声で返事した。

「おうおう、お前、きとったな（きておるな）」紫苑を溶けるような目で見た。

「うん、先程」

「さてさて、これから婚礼ばせにゃならんな」吉常が言えば、

「子が出来てから婚礼とはなー」おつねは半分冷やかした。

「ハハハ……、母上の子じゃもんなー」と屈託ない吉常は

「妙なところが似るなんて、なー。ハハハ……」哄笑した。続けて
「兄者とは少し違うな」

「言うとくばってん、そんなことで、喧嘩してはつまらんばい」

「分かっとる、分かっとる。だけど、兄者はそんこっぱ（そのことを）知っとる（十分認識しとる）」

「そんならよかばってん。喧嘩なんかすんにゃよ（するなよ）。兄弟仲良くせにゃ」

「いつまでも子供じゃなかけん」芋を頬張りながら、笑う吉常。

「親にとってはいつまでも子供たい」

「ところで、今年の年貢はもう納めたな」

「飢饉でなんにもなかとに、鍋の底まで調べて、持っていく」おつねは渋い顔で言う。

「そがん、ひどかとな（ひどいのか）」

「全く、ひどか。もう、戦（島原の乱）はとっくに終わったけん、ちったあ、良くなると思っとったばってん（良くなると思っておったけど）、全然変わらんとばい」

「兄者は知らんとばいにゃ。よか（よし）、わしが具申しゅうだい（申し開きしよう）」

城主の長平に直談判すれば済むことであるが、ここはあえて城主が約束した、御用箱を利用することにした。それは
一、海藻の栽培と育成——のり・かんてん・ひじき・ところてん・もずく等

二、さつまいもの量産
三、黄金蜘蛛・七星てんとう虫・鈴虫・こうろぎ等、それに鶏や、牛・馬・豚、綿羊に山羊等の飼育と奨励――この三点の推奨と、各藩の垣根を取っ払い、販路の拡張を図る。重ね重ねお願い奉ります、と認《したた》め、設けられたばかりの御用箱に投じた。藩の垣根の取っ払いは、あるいは誤解を生ずるかもしれない、と思ったが、一度、頭に浮かんだものを撤去するのは、難しい。吉常は毎日、提案の回答を待った。

そして、ある日、高札が建った。そこには《この未曽有の財政危機から脱するためには、荒手入れも必要なしとはしない。一、二、三の点にはしかと了承した。しかるに、廃藩なる考えは捨てよ》と書かれていた。

これを見て吉常は納得した。廃藩はこの幕藩体制の根幹を突くものであることを。そして今、吉常に出来ることとしては、それがどのように施行され、どのような結果に及んだのかの追及。それでいいと吉常は思った。出来るところからやればいい。

この三日後、吉常は内々に長平から呼び出しを受けた。

長平は一通の書状（御用箱に入っていたモノ）を示した。それには《馬と交わり白馬を生んだ、人間がいる》と認められていた。

「分かるか、吉常。これは次のように続く。つまり〝馬小屋で、密通していた人間を見た〟

という。男と女は、どうあっても自由かもしれぬが、やはりけじめをつけぬとなあ……」

「……いかん、と言うのか。もしそれが本当だとしても、わしは独身《ひとりみ》だし、その相手もまた独身。さしたる場合、どういうこともあるまい」

「吉常、いいか。ここが宮仕えの辛いところだ。お城にある以上、何をしてもよい、というものではないぞ」

「分からん。わしには分からん」

「なんぼ暇だからと言って、不埒な振る舞いは許されぬ」

「では、城内にあっては、酒も飲めんようになる。それはいかに」と切り返す吉常に、

「正式な過程を経て、の行為は問題ないが、ここにこうして、何者かが、事実を知っている、というは、大きな問題ぞ。吉常、なぜ隠れてこそこそする」

「言わせてもらうが、そうなったのはちったぁ、兄者にも責任はあるぞ」

「それは分かっておる。だからと言って、選りにも選って、姫の腰元を狙うなど、もってのほかぞ」

「それはたまたま、そうであっただけじゃ」

「それでに済まされぬ。結婚の話が出ているから、これはめでたいと思い、喜んだが、蓋を開けて見れば、何ともおぞましいことになっとる」

「わしはわしじゃ。自分の好きな女くらい自分で見つけるわい」

「それはそれで結構。……しかし困ったぞー。あの堅物の筆頭家老に知れたら、ただでは済まんぞ。いやもう知っているだろう」

「……」

「道を踏み外せば、大怪我をするとぞ。わしは論功行賞のことば言いよると」

「それは貰えるべきものが貰えんということか」

「そうじゃ、吉常。お前はお前で確かな道を歩いていると言うかもしれんばってん、嫁ごが可哀想か」

「あいつはあいつで覚悟の上と言うとる」

「詳しいことは知らんが、最低限のことは保証されとるくらい考えとったじゃろ。最低限のことは、な」

「兄者はわしがここを去って、お袋の面倒をみるのに賛成したろう」

「それは、論功行賞を前提の上じゃ」

「……」

「そのお前が、不埒なこっばするけんが、それが吹っ飛ぶこともあり得るとぞ。無一文でどうやって妻を養う」

「……」

「いずれ、子も出来よう」こう言われた時、吉常は辛かった。いやいや、切実な問題であった。そして続けた。「わしはお主に武井の家を継いで欲しくて、お主の結婚を後押ししたかった。その女が姫の一番の側近であったとはつゆ知らず。しかも、それを不意にしてしまうとは。それだけでも、お主は切腹ものぞ」

「どうすればよかとなあ」

「そうしたことはそっちで考えろ」

「何故、わしがなすことは、こんなに裏目裏目に出るのかのう」

「何か、悪い方へ悪い方へと向かうようであれば、一度、南無阿弥陀仏を唱えるもよし、南無妙法蓮華経の門を叩くもよかろう」

「わしの手には負えん」

「それが分かれば、半ば救われておる」

〈慈悲がお金で贖《あがな》えるものであれば、こんなに悩みはしない。慈悲が心の中で本当に燃えているものかどうか、残念ながら掌で触れ得ぬため、にわかには分かりはしない〉吉常はそんなことを考えていた。

もうじき、初めての子を授かる日が迫っていた。二人は粗末ではあるが、小さな仏間を設け、毎日、南無妙法蓮華経を唱えていた。

二人は《自分の運命を切り開き、幸福を追求し、宿命転換を図る》日蓮宗に帰依し、朝な夕なたゆまざる勤行に勤めた。

そのうちに、松浦の与兵衛の訃報が伝えられてきた。隠れキリシタンの人々に惜しまれながら、この世を去ったという。長平は吉郎に連れられ、初めて彼に会い、抱き上げられたことが、幻のように浮かんで消えた。黒砂糖を貰ったことも、脳裏に浮かんですぐに消えた。そして、ごくごく最近では、海産物とのうぜんかずらに、素晴らしい和歌を添えた、大八車が城門に届けられていた。そしてその粋な計らいに脱帽した記憶が浮かんでくる。もはやその人も過去の人になってしまった。

長平は彼が面倒をみていたという、隠れキリシタンの実態について、よくは知らないが、何でも、この地域で主流となっていた。カトリックとは違うし、また仏教や神道とも異なる独自の信仰を持つ団体で、《おらしょ》という祈祷文を唱和し、生月島に限って言えば、枯松神社にある祈りの岩の下の、風雨をかろうじてしのげるくらいの空間で、キリストに関係する教理を勉強したり、おらしょを唱和したりしたという。

(藩の取り締まりの網をかいくぐり、現代に至るまでの二百五十年間を生き延びた、こうしたキリシタンの人々の例は、宗教史上類例がないことという)

詳しいことは、これから解明すべき大問題であるが、生月島の他に外海・五島列島・平戸は漁業が盛んな地域でもあり、藩の財政上、担当藩としては手を焼く存在であった。

文武両道とは、島原藩の基本理念であることはすでに述べた。いつぞや三人の隠れキリシタンの生命を守り、当面、宗門改めの猶予を解除するまでの期間、藩は情報収集に力を入れた。この行動は強いては、文武両道の趣旨に少しも違わないと思えたからである。

それから藩は、現在は海水浴場になっている、久木山西区の白浜に防砂林を設けることを決定した。計画では海辺に面した四分の一里ほどの砂地に松を植林し、その内側に土を投入し、農地に転用することとした。計画では建設費の大半は藩からの出費とし、残りは所有者の苦役《くやく》によるとした。これにより、新しく誕生した土地を桑畠にしたり、さつまいも・にんじん・だいこんなどの栽培に当てたり、みんな生き生き働いた。

それを見て、吉常は御用箱がいい加減なものではないことを知った。同時に兄者の文武両道の引き継ぎと活用、そしてその実行力に兜を脱いだ。

だが、諸外国がその力を誇示し、植民地を増やすべく、世界へ雄飛している時代であっても、到底、自然の驚異には及ぶべくもなく、享保十年（一七二五）には旱害と蝗《いなご》の害に遭い、農産物が甚大な被害をこうむった。そしてその七年後には、島原飢饉がまたしても発生。これに対して藩は、貧民をよく救済した。

この頃は全国的にみても、大小の一揆が頻繁に起きている。これがどのような決着をみたのか、資料がなく、判断しかねるが、鍬や竹槍を持った貧農と、弓・鉄砲・刀で武装した武士たちとの、暴力的衝突の光景が浮かんでくる。恐らく多くの犠牲者が出たことであろう。

いつの世も持てる者と持たざる者との抗争は絶えることはない。それでも容赦なく時は過ぎてゆく。

紫苑は男児を出産した。子供は節夫と名付けられ、温かい両親の元、すくすくと育っていった。節夫には非常に珍しい特徴があった。右手の手相の感情線と頭脳線の中央に十文字が交差していた。

口之津には、一歳の誕生日には何とも不思議な儀式がある。『餅踏み』という草鞋《わらじ》を履かせた赤子に、紅白の鏡餅を踏ませるものである。これこそキリシタン取り締まりの約束事、『踏絵』を連想させはしないだろうか。この儀式を済ませたいたずら坊主は、この頃から古代生物との決別の序曲、二足歩行を覚え、立ったら歩けでよちよち歩きも覚えた。他生物との決定的相違である頭脳の爆発的発達を迎えると、人間として、他生物を支配し、食物連鎖の頂点を極めることになる。その爆発は、母と共に唱える南無妙法蓮華経の、如来寿量本第十六の丸暗記となって表れた。そして鬼子母神の話や、日蓮上人の生い立ちなどを耳にするにつけ、その不可思議さや神秘さに胸打たれ、母に連れられ寺を訪ねる回数が増えるに従い、曼荼羅《まんだら》を組んだ仏様の像の探求にのめり込んでいった。

その中でも、お寺の本堂奥にしまわれ、見ると目が潰れるから見てはいかんという恐怖の像というものを一目見たいと、母に願ったが、それは絶対いかん、ときつく言われたが、そのうち、そんなことも忘れ去り、友達、六助とこま回しなどに明け暮れる日々であった。そのこま回しに失敗し、こまが百度参りの地蔵の頭に当たった時、節夫はふと、本堂奥の誰も見た者はいないとする仏像のことを思い出した。

節夫は嫌がる六助をそそのかして、人目がないのを確認すると、それが収められているという、本堂奥に忍び入った。

薄暗い本堂の闇に、戸の破れから差し込む一筋の光線を頼りに、位牌や何を包むのか知らない、ずた袋などを一つ一つ明りに照らして、これぞというものはないか、探しているうちに、奇妙な仏像に突き当たった。

「あったぞ、これだ」小声で節夫は言い、

「もう、行こう」と像を小脇に抱え、六助を促した。

「おい、明るいところで見ると、目が潰れるばい」と怖がる六助。

「本堂の暗いところにいた時、すでに目は潰れたように、何にも見えんかったじゃろ。それが怖いというものの正体たい。そいけん（そうだから）もう見えんようになることはなか」

と、節夫は取り合わない。

節六は六助と別れると、誰にも見つからぬように、一旦仏壇の下にそれを隠した。それからは、時々母の目を盗んで、像を取り出すと、じっくり観察した。それは艶々した滑らかな肌触りで、背丈が一尺くらいの素朴な感じのするもので、観音様が両脇に聖人を従え、子供を抱いている陶器製の像であった。節夫は何故かドキドキしながら、それを眺めた。取り出して見る度に、節夫はどうしようもない、興奮に包まれ心がときめいた。これが《マリア観音》と呼ばれるもので、隠れキリシタンのものであることを知ったのは数日後のことである。そして、これを知ったことが、今後の節夫の物語の序章になる。

この頃、城では、城主《あるじ》長平に少しまだら呆け的症状が続き、養生しているという情報が武井家にもたらされた。吉常はそれが信じられなかった。学問を志す者ですら、そうしたことが起きるのか、信じられなかったのである。

長平は真昼間に一人、帽子もかぶらず墓参りに出ていたのであるが、ある日、村人に背負われ城にかつぎ込まれるという事件が起きた。それ以来、長平はずっと寝たきり状態を続けていた。そして、しきりに口にするのが、御用箱のことであった。長平は御用箱の三点の願い事が、吉常の提案したものとすでに知っていた。一、海藻の栽培はどうにか目安がついた。二、甘藷の栽培と、三、養蚕と家畜の飼育は現在進行中であった。そのことをうわ言のように言うのである。そして、そこで話は行き詰まり、暫くするとまた、同じことを繰り返す。そして、瑠音の手を握りしめ、長崎の旅行のことを語った。

「お前様はいい仕事をしなした（なされた）」と瑠音が言えば

「蛍がおったな」と言う長平。

「あの時は、あなたも子供のように、楽しそうで……」遠い昔を懐かしむように言った。

「旅は楽しいなぁ。先祖も旅が好きだったのじゃろうかのう」

「そう言えば、お前様の先祖も、はるか遠くからこらしたのですよね」

「生活のためとはいえ、やはり旅が好きだったんだろう」

「旅の終点も近くなったばい」

「あなた、そんなに弱気にならないで」思わず、涙をぬぐう瑠音。

「何もしてやれんこと、すまなかった」謝る長平に
「あなた、しっかりして」と腕をさする瑠音。

「子供を一人くらい欲しかったにゃ。わしが悪かった」

「そんなこと……」

「泣かんでんよか（泣かんでもいい）」

「……」

「わしもじきに旅立つ、一足先に行って、待っとろだい(待っている)」

「あなたは十分苦しんできたけん、行ってもかまわんよ。でも、やっぱり、あなた、帰ってきて」

呼ぶ声もむなしく、武井長平永眠。思えば幼い頃、海難事故に遭い、多数の人々の死の中で、奇跡的に助かり、そしてその波乱に満ちた生涯を閉じた。

「早い死であったなぁ。兄者。安らかになぁ。兄者はわしの憧れであった。恐かったが、わしの良き師匠じゃった」吉常は泣いた。『厳しい公務の中、意外や〈論功行賞〉などの口利きばしてくれた。よくよく不肖吉常に気を回してくれた恩は、決して忘れるものではなか』吉常は下手は下手なりに、南無妙法蓮華経を唱え始めた。そばにいた節夫がそれに合わせた。『わしも兄者の元へ参ったら、その恩返しをしようと思っている。まだ幼かこん子の先行きが案じられるゆえ、もう少し待て』目を左に転じると、節夫が盛んに勤行していて、如来寿量品では父、吉常より、ずっと上手であった。

「もっと太か声ば出せ」と注意すると、節夫はあらん限りの声で、吉常についてくる。そんな信仰の中でも、節夫もやはり男の子。

見つからんように見つからんように、と細心の注意を払って隠しているつもりでも、狭くて限られている家の中、節夫が隠して、秘密の楽しみにしていることを知る、祖母おつねは、それが見つからぬよう、土間の下に埋めたのであったが、それを母の紫苑は見つけてしまった。

「節夫、こりゃ、何な」と言うので、すっかり委縮してしまい

「お寺から盗んだんだろう」と言う紫苑の追及に

「うんにゃ、貰ったと」と俯《うつ》むいてしまった。

「誰に」

「隣のあいやん（兄ちゃん）に」と嘘をつく節夫に紫苑は厳しい。

「嘘はつまらん。叩くぞ」と怒った顔を、節夫は寺で見た鬼子母神のようだと思った。

「はよ（早く）戻してこんね」と言う。節夫は仕方なくなく、それを持って、寺の階段を駆け上がった。

「子供の好奇心ば取り上げてはいかんばい」

「お母上は知っていなさったとでしょ」

「知らん、知らん」

「嘘つかんで。でも何故」

「あんたにはまだ分からんこと。節夫も男たい。くくく……」と笑いたいのを堪え、腰を屈めて、家の外へ出た。辺りを蜜柑色に染め、美しい太陽が波間に没しようとしていた。この神秘をどうやって説明すべきか。人に別れがあるように、太陽も海との別れがあると言えば、気障な表現でしかないであろうか。

　やがて、吉常が釣りから帰ってきた。

「節夫、どうじゃ」吉常は節夫を呼んだ。

「節夫、どうじゃ。太か鯛じゃろ」と二尺はあろうか、鯛を節夫の目の前に、吊り下げて見せた。

「すごか、こがん（これ程）太かとは初めて見た」と、父から受け取ると、その重みで地面に落としてしまった。「重たかろ（重たいだろう）」父は大声で笑った。節夫も笑った。

「さぁ、晩飯だ。今日は何のご馳走かな。行こう節夫」

食事中、滅多に喋らない、静かな、いや静かすぎる食卓で、紫苑は
「この子ね、仏像をお寺から盗ってきたとばい」と言った。

「他人《ひと》のものを盗んだと。お前さんからきつく言っておくれ」と紫苑が言うと、吉常は
「本当な、節夫」うなだれる節夫を見て、父は
「分かっとるな、節夫。これから、そがんことばしてはつまらんばい（そんなことをしてはいけないぞ）」と、優しく叱った。

「こん人は子供にひどー優しかとじゃいけん」

「誰でん、間違いはする。二度、同じ間違いを犯したら、そりゃ、怒らにゃつまらん」と言った。父は息子が仏像に興味を示したことは、非常に喜ばしいことと、喜んだ。そしてその芽を摘んではいかん、と思った。

ある日、節夫が寺の住職に、どうしても忘れられないでいる、マリア観音の像を見せてくれるように、懇願したが、住職はこれを拒んだ。何でも《見ると目が潰れる》と言う。そんなことなかったと言うと、住職は、何の疑いも持たず、

「そのうちに見えんようになるぞー」と脅すので、

「では、誰がマリア観音をしまったと。その人は本当に目が見えんようになったと」との逆

質問に、うるさそうに住職は、

「その人はもうどこかに行ってしもうて分からん。行方不明たい」

「目が潰れてでんよかけん、見せてくれんね。ちょこっとでよかけん」としつこいほど粘る節夫に、根負けした住職は、

「誰にも言うてはつまらんど」と言い、本堂の奥へ連れて行った。そしてごそごそと何事かしていたが、探しものは見つからない。この時二人は別々の理由で焦った。住職はマリア観音が定位置にないことに、そして節夫はマリア観音の置き場所を違えたことで、焦ったのであった。幸い住職はマリア観音が、一度持ち出されたことに気付かず、事なきを得たが、やがて、それを見つけると、

「お前は、これに一体何の用な」と聞くので、

「う〜ん」と言うばかりの節夫。

「落としたらつまらんぞ」住職からそれを受け取るが早いか、節夫は突然駆け出した。住職の「待てー」という叫び声がした。

こうして持ち帰ったマリア観音を見て、吉常はそこに何とも言えぬ、心地良さを感じた。そして、

「なるほど。これを見た日にゃ、誰でん、虜《とりこ》になるのは無理もなか」と思った。

翌日から節夫はマリア観音の写生に入った。微にいり細をほじくって、それを何枚も何枚

も写生し、土を捏《こ》ねてにわか観音を作った。そして、恐らく尚舎文庫のものであろう、〇教社寺史なるものを紐解き、秘密の謎に迫った。

彼はこのマリア観音が、二つの文化を融合したものであることに気付いた。キリシタンが持ち込んだ西欧の芸術と、東洋の芸術、見事なまでの融合である。つまりこれはまさに歴史の終わりと始めの境を象徴している。少し変わっていることに気付いたのであった。そして、そうした例が他にないだろうか、と何とはなく〇教社寺史に目を通した。

目次に《神社を守る寺》とある項目をめくると、

越前国気比神社の宣託により、神宮寺が建立さる。神宮寺の仲間として、鹿島神宮（鹿児島）・賀茂神社（京都）・伊勢神宮（三重）・宇佐八幡宮（大分）・多度大神（三重）・若狭国若狭彦神社（福井）、それに近江国奥津島大神（滋賀）などありて、その存在意義等を廻り苦悩する、これらの神を救済せんがため、神社の傍らに寺が建てられ、神宮寺となりて、神前で読経するようになれり。——節夫は悲鳴に近い声を出した。そしてさらに読み進めると——成相寺（京都）は籠神社の、感応院（大阪）は恩知神社の、そして、慈眼院（大阪）は日根神社の、さらに、清荒神なども荒神様と神社が信仰の対象になる。神宮寺とは神社に付属して建てられし、寺院や仏堂なり——。

節夫は飛び上って喜んだ。これこそ神と仏教の融合。そしてこれは日本古来のものと、仏教という外来の思想が合体している姿。ここにマリア観音の真の価値が見出されると考えたのであった。だが、そこを訪れるには、恐ろしいほど遠方である。何しろ交通手段がないに等しい時代であれば、おいそれという訳にはいかない。『仕方ないか』と諦め、マリア観音の顔をツルンと撫でた。そして立ち上がった。

今日は原城趾に戦死者の供養に行く日であった。いかにもひと雨きそうな日和であったが、新しい草鞋にはき替え、紫苑が作った握り飯を腰に、気遣う祖母と母の声を背に、家を後にした。

空は今にも雨になりそうであったが、昼前には原城趾に着いた。石垣の上に誰が置いたものか、割れた頭蓋骨が置かれている。今でこそ累々たる人骨が、むき出しになっているおぞましさはなくなっているが、恐らく、草むらにはまだまだ未回収の人骨が、数知れないであろう。そう思いつつ、その割れた頭蓋骨に線香をあげ水を注ぎ、手を合わせ、何気なくそれに触れた瞬間であった。

突然雲が裂け、何ものともしれぬ、毬のような光の玉が、誰が置いたものかもしれぬ、血痕のついた割れた頭蓋骨の上に光った。そして、砕けた光の中に、一人の美少年が浮かび上がった。節夫は思わず手を合わせた。頭蓋骨は浮かび上がると、節夫の回りを回転し始めた。そのうち頭蓋骨は刀傷の少年の像に変わり、何か訴えるような趣であった。そこで「何？　何が言いたいのじゃ」と声を詰まらせながら節夫が聞くと、

「我がさ迷える人々の救済を」と、少年とは思えぬくらい力強い言葉が返ってきた。

「隠れキリシタンのことか？」

「仏像や証文など、ないがしろにしているというが」

「古文書に曰く、《勝利を得たくば、味方から欺け》というように、宗門改めは、限定的になっておる。その間何事もなければ、幕府方も考えを変えるのではあるまいか」

「それほど甘いものなら、何も我ら農民とキリシタンが、滅び去ることとて、なかったであろう」少年は悲しそうな目をしている。

「では、そなたの神通力で、世界を変えればいいことではないか」

「私はそれをすでに使い果している」

「神には限度というものがあるのか。仏にはそういうことはないが」節夫が言えば
「私は神様ではない。一介の修行者ゆえ、当然、限度なるものが存在する」

「ずいぶん変わった修行者だな」

「全てはイエス様の申される通りに行動する一介の人間でしかない。違う点は復活できるという点だ」

「復活」節夫は何かおぞましい言葉を耳にしたように思った。

「死せる者が蘇る。そなたは私、天草四郎の生まれ変わりぞ」

まるで芝居を見るように、その四郎の像は姿を消した。節夫は縄が十文字に張られた草む

らから、ムックリと体を起こした。そして、何事もなかったように、帰路に着いた。家へ帰り着くと節夫は、隠れキリシタンのキリストと、南無妙法蓮華経の融合について考えていた。マリア観音の優美さ穏やかさと、鬼子母神の他人の子を食らう時の、あの恐ろしげな表情と、我が子に対する慈悲の美しさ。それは同一人物の人間感情であり、それはどこからくるものか、誰も教えてなどくれない、全くその一人一人の大切な感情なのである。

夕方、おつね・吉常・紫苑そして、節夫は勤行を始めた。教本の意味、内容こそ分からないが、穏やかな空気が辺りを支配し、小さな家族のささやかな晩餐《ばんさん》のひととき。これを得んがためあくせく働く人々。そして、家族揃っての勤行、始めと終わりの区切り目が再生を約束する昨日から今日へ、古いものから新しいものへ蘇ること、強いては死から生への蘇生。それはキリストにおいては『復活』と呼ぶのだろうか。

キリストと仏教と神道、その融合体が古《いにしえ》の文化、ないし精神世界を構成していた。その傍らに、隠れキリシタンがひっそりと、押し殺したように、その存在を誇示していた。

この錯綜した世界の中で、人々は存在する。そのしたたかな生命力はどこからくるものか。いや、これは理屈ではないのだ。それは人々の生への渇望か、それとも執着なのかもしれない。そのしたたかさが、あるいは情熱が、マリア観音まで作らせた。そして、さらにそれがゆえに、迫害に遭い、数知れぬ生命《いのち》を喪うことになった。彼らは、死すら恐れなかった。それほどの覚悟をもって、キリストを信じたのだった。この一体の偶像、マリア観音は多くの生命の具現化を示してはいないだろうか。

だが、節夫の伯父の長平は、その偶像を焼き払い、文物を焼き払った。それはただの焼き物に過ぎないし、紙切れでしかないとの理由からである。

まず神があり、生命を懸けて作った神の偶像、ないし作成されたものを、神そのものとみなす信徒。いや、そうではなくそれはただの土くれとする長平の見解、その中で節夫は揺れ動いた。そしてある達観を得た。それは《直観》というものである。そしてもうひとつは《七：三の法則》前者（七）は瞬間の問題であり、後者（三）は相対するもののどちらかに比重がかかるということ。例えば神は存在するか、の問いに、《七：三》の見解で存在《ある》と答える訳である。

随分、打算的な結論を得たようである。そしてこれは直観により、より近い部分から生み出された。

しかし、日本人なら曖昧模糊は得意のはず。それで溜飲が下がればよし、として許されるのではないか。

もっとも直観なる言葉が、過去の体験の焼き直しとすれば、ただのひとつとして、純粋なことなどありはしないのだが。

もうひとつ、とても気がかりな言葉が浮かんできた。原城址で会った天草四郎が、『そなたは私の生まれ変わりぞ』と言った言葉である。

そもそも天草四郎は戦いの象徴ではあったが、穏やかで優しく、温かい思いやりのある少年であった。そんな人物に、人々が神を見出したことは、無理からぬこと。四郎は神の使いであった。いや、神の使いにされたという一面もあろう。偶像にされ、祀り上げられ、土に還った。だから、決して復活はありえないはずであるのに、まだこの世に存在している。これは明らかに、彼がただの石ころではないことを物語っている。では、この化者は何者なのか。――生きとし生けるもの、全ては生き続けなければならない。決して死んではいけないのである。――それを後世に残すべく、運命付けられた神の使いである。ということは四郎がまだ生きていて、この世とあの世の橋渡しをしているのだ。(節夫の思考は続く)話によると、あの世には閻魔大王がいて、あの世とこの世を行き来している小野篁《おのたかむら》という神官が、閻魔大王と繋がっている。そして驚いたことに、罪人をあの世に送り込んでいるがゆえに、火炎の中でもがいているという生《しょう》六道地蔵菩薩、その使いをしているのが、この天草四郎なのだという。それなら四郎も十分、蘇ることもあり得ることになる。

やれやれ、こうして考えていると、あの艶々したマリア観音が恋しくなる。節夫は急に甘美な気持ちになり、それを股に挟んで寝た。

全くキリシタンと仏教と神道、この三つの混交は、最初はそれぞれ相対立するものであったが、互いにいざこざを起こしながらも、一部は成熟したものになった。仏教と神道は神宮寺という花を咲かせた。だが、キリシタンは別であった。キリシタンはどんなに妥協の話を持ち込んでも、首を縦に振ることはなかった。だが、マリア観音という見事な融合仏を目の当たりにして、そこにお互いの共通点が存在する瞬間を見出すことは全く無理なことなのだろうか。確かにこのマリア観音は誰が、何のために作り出したのかは謎である。が、信徒らにとって観音様信仰は有り難い教えであるから、それは恐らく熱心な信徒の作ったということができるのではないか。それとも、幕府がそれを自分たちの都合に合わせて、作ったとしたら、それはいずれの信仰にも合致しない、空虚なものに墜してしまうであろう。その者こそ反逆罪にて厳しく罰すべきものと思える。ただ、気になることは、新興仏教の全盛時代（鎌倉時代）、信仰を勝ち取るために起きた、様々な信徒の獲得競争時のいい加減さ、それが、純粋であろうとする仏教に、悪影響を及ぼさなかっただろうかという、これも不確かな推測の域を出ないかもしれないが、それも危惧されるべきところである。

いずれにしろ、節夫はこのマリア観音がお気に入りであった。マリア観音が愛おしく寝る時にも離さなかった。これが恋の始まりでもあろうか。その甘酸っぱい思いに酔いしれた。そして両親《おや》の言うことも聞かず、外へ出る時も離さず、手に持って歩いたりしたことで、とうとう役人に見つかってしまった。

家族ともども番所に呼ばれ、事情聴取が始まった。まだ宗門改めの期限がきていないので、きついお咎めは免れたが、調書にははっきりと、家族の名前と節夫の名前が刻まれた。マリア観音は取り上げられた。

「だから言うたろが、あんな物、持ち歩いたらつまらんて（と）」

「目が潰れればよか」

「そがんこつ言うたらつまらん」と母は言うが、節夫にとっては、それが自分の証みたいなもの。そこで、

「四郎様からの贈り物だったとばってん」と嘘をついた。

「四郎様はず〜っと昔の人」

「その四郎様は世の平和を願っとらす。何か悪かことが起こらにゃよかばってん」

「誰がそんな……」

「母ちゃんはマリア観音を見れば、目が潰れると言うとったばってん、我は平気の平左《へいざ》」

「嘘も方便いうてな」

「言うてよか嘘もあるとばい、じゃろ（だろう）」

「親をからかってはつまらん」

「両親《おや》が一番だましやすかと」

「え」

「そがん。我はマリア観音の偽物ば渡したと」

「そがん幾つも持っとったとな（持っていたのか）」

「偽物をね、泥を捏《こ》ねて作ったと」

「嘘を肥しには出来んとばい」

「何の。隠れキリシタンを探し出すには、誰が作ったったったもんでんよかと」

「……」

「ちょこっと土いじりが好きな者なら、面白がって作るかもしれん。ただの土なのに目の色変える連中が、この地を支配しとると」

「だから……」

「そんなもん、踏んでも壊してでん（壊しても）、なーんの罪にはならん」節夫は鼻息荒い。

「そいで、（踏めば罪になる、と思い込んで）死んだ者がいっぱいいるとぞ（いっぱいいるぞ）」

「可哀想になぁ」節夫は手を合わせた。

「物と心は区別せにぁ」と続けた。

「硬かもんと軟らかかもんと考えればよか」祖母のおつねは立ち止まり、その苦労の賜物である腰の辛さを癒した。そして
「そして、七割と三割の法則に則って考える」と言った。

（これはすでに明らかにしたように、実に百年以上もかかって武井一族が行き着いた諦観ともいうべき、処世訓であった）

「七：三の考えは、伝家の宝刀というべきものじゃな」

「大切にせにゃ」

「それに照らせば、今回の件、マリア観音のかけらでも提出すればよかったない！（ね！）」

「ばってん、観音様は苦しみなさるじゃろもん」とおつねは言う。

「それくらいの痛みには耐えらすじゃろ」

「死なしたキリシタンも、今苦しんでおらすキリシタンも、踏絵のごときものに、惑わされとったのかもしれんな」

「結局、そがんたない（その通り）」と応じる節夫。

「ばってんそれだったら他人事でしかなかばい」

「それも七割、三割たね」そして『これも嘘の一部であろうか』と考えてしまう節夫であった。


夏の夜は大量の蚊が人畜目指して飛んでくる。誰かが言ったように、この蚊の大群をどうして殺してはいかんのか。おつねはこれを燻し出すため、忌避の効果があるとされる、大量の木の葉を摘んできた。そしてそれを土間に積み、火打ち石で点火した。するとそれはもうもうたる煙を出して、燻《くすぶ》り出した。確かにそれは蚊に効いたが、一時的なもので、止むを得ずところどころ継ぎのある蚊帳を張った。蚊は継ぎ目から無遠慮に侵入してきた。そこで熟睡叶わず、うとうとしているうちに、空は白み、寝不足で目を赤くして起き出す面々。だが節夫は違った。白むと同時に蚊もいなくなり、それを狙っていつ起き出すとも知らずの、白河夜船。

それでも、徐々に日差しが強まれば、自然に目が覚める。ところがこの日はお天道様も見えないくらいもやいでいる。節夫はなかなか目覚めなかった。そして小半時程してやっと起き上がると、いつしか習慣になった、マリア観音に祈りを捧げようと床下からマリア観音を取り出すと、驚いた。像がぐっしょりと濡れているのだ。節夫はそれを畳の上に落としてしまった。そして、そこにこの像の運命を見た。『何故だ。何故マリア観音は水をかけたように濡れているのだ』節夫はその原因が分からない。夢中になって考えた結果、『観音様は泣いたのだ、我の霊が乗り移ったのだ』と結論付け、その不思議さに畏れ慄《おのの》き、しばし、我を忘れたようになった。そして丁度そばにいた吉常に、

「父上、我の運命は決まった。我は天草四郎の生まれ変わりじゃった」全ての若者が一度は感じる神がかり的感情、そしてこれは

「だから、我はこうしてはおれない。が、どうしようもない」と絶望感すら呼び込む。恐らくそれは悲壮感とでも言うべきものか、そんな不思議な体験を、父に話すのであった。

吉常は黙って聞いていたが、息子が物狂いしたとは思えなかった。当然、天候は昨日・今日・明日と移り変わりゆく。それにつれ人間の心理も変わっていく。そんなものだと思った。その中に当然、節夫の心も組み込まれている。

このもやは人間の普段の心の状態なのかもしれない。掴もうと思っても掴み切れない、手は空を掴むのみ。変幻自在で無限の広がり。

朝食の用意に忙しい紫苑は、

「ねぇ、この甕《かめ》はなして濡れとっとじゃろ」と味噌甕を拭きながら言った。

「恐らく、今日の天気と一緒じゃろだい」と吉常は節夫に気遣いながら答えた。本当は

「湿気の多い日のせいじゃろだい」と言うべきであった。何故、かくも節夫のことをおもんばかるのかと言えば、実は、節夫のマリア観音に入れ込む態度が、異常と思えるくらい過激化してきたのを見たからである。それは節夫がマリア観音の前で、自慰に耽っているのを見たからである。

朝食が済むと、吉常は節夫に

「立ち合いをやるから、相手になれ」と、これは藪から棒に、もっとも吉常は元来それがよく似合う男で、たちまちのうちに節夫は瘤だらけになった。そばで見ていたおつねは

「もうちょっと、手加減せにゃ」と言うが、人の言うことなど聞いたことがない吉常は

「節夫、これが伝家の宝刀、逆袈裟懸殺法ぞ」あっと言う間の動作に、唖然とするは節夫。

「我が家は文武両道が生活の規範たい」おつねが言えば

「勉強ばかりではお粗末だし、喧嘩ばかりでも、男の魅力は薄れましょう」と紫苑が言う。

「長平は、それはそれは男らしかった」

「私も殿様を尊敬しておりましたよ」

その言葉も、吉常の耳には入らないらしく、二人は激しい立ち合いを何度も繰り返した。そのうち二人も、半時ばかりすると、汗だくになった。そこへ紫苑がすいかを持って現れた。

「今年は日照りじゃったけん、すいかの収穫はしれとるばってん、味はひどー甘かど（大変甘いぞ）」大好物のすいかを目にして、節夫はそれにかぶりついた。ぽとぽとと垂れる、果実の甘さにつられて、無数の蟻が活動し出した。彼らも夏の暑さは堪えるらしく、しきりにぶつかり合い、それでも、すいかの滴にたかってくる。

すっかり満腹になった二人は、今はもやも消え、日はまだ高かったが、揃って浜に向かった。父は藁束《わらたば》を担いでいる。夏の坂の両脇には青いすすきが風にさやいでいる。草いきれの小道を、何も話さず黙って歩くのは、恐らく初めてのことと思える。生暖かい空気が足元から這い上ってきて、襦袢が肌にまとわりつく。この時、節夫は父と同じように下半分は褌姿であった。これで平気で外出した。

浜には蛸壺が放置され、青空には干し網が風に揺れ、強い魚の匂いがした。何人かの知人と挨拶を交わしながら、自分の釣り船に行き、今日は船底を藁《わら》火で炙り、ふなくい虫の焼却処分を行った。火は音を立てて燃え、熱気がもろに伝わってくる。辺りはプンと鼻を突く魚の匂いに、満ちている。節夫はいつかこれと全く同じ体験をしたような気がしたが、実際には初めての経験であった。

やがて炙っていた藁は灰になり、ついには煙も消えた。父、吉常は船底や船体に塩水をかけて、洗い始めた。それに刺激されて、節夫も見よう見まねで、手伝い始めた。ここは神聖な仕事場、吉常にはそういう自負があった。

「もっと力ば入れて洗わにぁ。魚《いお》は釣れんばい」と優しく諭す、吉常のいかんのない子煩悩ぶり。

「父上、これはひどー（ひどく）生臭かない（生臭いね）」

「おお、これがわしの匂いたい」笑いながら言う、吉常であった。

そして、この時、吉常は魚の集まる場所――これを網代《あじろ》という――を教えた。それは魚の種類によって集まるところが違うこと。つまり鯛の集まる場所は砂地であり、くさび（べら）や、あらかぶ（がしら）、めばるなどの集まるところは、藻の繁茂する岩石の近く等々。魚の種類により、微妙に違うことを教えた。

そして瀬詰め（早崎海峡）と呼ばれる、時間を切って、とても潮の早くなる場所があるので、それを見越して、船を操る必要があることを諭した。

「暑かにゃー（暑いな）」との村人の声に、

「暑かない（暑いね）」と快活に応える吉常は、息子と共に仕事が出来ることが、嬉しくてたまらない。それでも、父としてはあの兄者、長平の如く、出世することも望みに入れていた。

だが、田舎ゆえ、なかなかそうした機会もない。それでもかつてああいった不祥事（馬小屋での密通）を起こしたとはいえ、今はもうその傷もずいぶん快癒していようから、一度、瑠音様に伺いを立ててみようか、と思案したりもする。そこで、

「節夫よ、お前、お城は嫌いな」と少し遠慮しながら、我が子に言ってみる。

「お城、ああ父上や伯父上がいたところない」

「うん、どがんあるな（どう思うか）」

「興味なかと言えば、興味なかばってん、後学のため一度この目で見てみたか」

「そうか、一度行ってみぅかい（みようか）、島原へ」

二人は長くなった影を追いながら、帰路に着いた。

第九章　島原へ

翌日は朝からよく晴れていて、草鞋《わらじ》のひもを縛る手指にも力が入る。

「さぁ、行こう」弁当を下げると、手を振るおつねと紫苑に、留守を任せて、いざ出発。途中殉教のキリシタンと異国人に頭を下げ、原城址ではあの頭蓋骨（何故か黒く変色していた）に野の花を手向けた。島原には八つ（午後二時）頃到着。汗だくの体を奇麗な島原の湧き水で洗い、口をすすいで城門をくぐった。

やがて年は取っているが、気品のある婦人が現れた。そして、頭を垂れている二人に、面を上げるように指示すると、

「お久しゅう。お元気でしたか」と温かい声がした。

「ご機嫌うるわしゅー」と紛れもない、今は隠居して瑠音院《るおんいん》と名乗っている、懐かしい瑠音の声。

「これはこれは、姫様におはしましては、ご機嫌うるわしゅうございます」と舌を噛みそうな言葉遣いの吉常が、節夫には理解できなかった。

「姫様などと、今は隠居の身。瑠音院でよい」

「とんでものうございます」と応じる吉常に、

「して、こちらの者は」と問う瑠音院に
「遅まきながら、子を得まして、ここにご報告にと、参じました」と、節夫を紹介した。

「何、そなたにお子が。それはめでたい」瑠音院は目を細めて、観音様のように優美に、節夫を見た。

「何とまぁ、愛おしかろのう。おうおう、父によく似ておる。名は何と申す」

「はい、節夫と申します」何の抵抗もなく、言葉は引き出された。

「節夫の節は竹の節、つまり境目という意味で、時間の区切りを指す」瑠音院の口から出たこの言葉は、あとあと重大な意味をなすことに……。

「左様ですか。姫様の博学には恐れ入ります」

「何の、亡くなった主人を思えば、たった、三分ほどのもの」主人という言葉を見つけ、すかさず、切り出した言葉が、次のようなものであった。

「私が言うのもはばかりながら、確かに兄者は物知りでございました。そしてその血を繋いだのがこの子でございます」

「なるほど、目付きが違う」
「姫様は占いがお好きですか」節夫の言葉に、妙に卑屈になりながら
「これ、滅多なことを申すでない」と吉常はあぶら汗を拭った。
「そうじゃ、尚舎文庫の人出が手薄になっておるゆえ、どうじゃ」思い通りに展開する話に
「有り難きお言葉」と恐れ入る吉常親子。
あまりにも急展開する成り行きは、まるで瑠音院の徳というべきか、あるいは瑠音院の博学が勝ったものか、三者全てが徳となる成り行きに、めくるめくような時間は流れ去った。
『このなりゆきは四郎様のみ心か。それともどこからか飛んできた、来るべき邪悪なるものの予兆か』節夫は思わず身震いをした。

節夫の島原への引っ越しは、ある一点を除き、それほど難儀なことではなかった。ある一点というのはマリア観音のことである。勿論、誰が作り、誰のものとも知れぬものは捨て去っても、何ということもない。ところが、今の節夫にはそれを始末することが、ひどく困難なことに思われたのである。仕方なく、厚い布切れに巻いて、馬車の奥底に突っ込んだ。
前回と違い、今回は馬車を使ったので、随分早く着くことが出来た。その時ですら、まず第一に考えたことが、マリア観音をどこに隠すべきかであった。考えられることは、土の中に埋める、ということであった。そして、次に累代の墓に仮埋葬すること、あるいは、家の

仏間に祀ることくらいしか、名案は浮かんではこなかった。そして、考えが進んでいくにつれ、生き続ける魂と死せる物体を、対等に扱ってもいいものかどうかの迷いに見舞われた。生き続ける魂こそ、道具としての物体を支配した。いや、使用した。優先順位をつけるべきではないが、その物体のひとつの例がマリア観音、いや今度はマリア観音像なのである。つまり、マリア観音から魂を抜いたものがマリア観音像である。そのように考えれば、我々はその像を破壊するも足蹴りするも可能となる。結局マリア観音は本棚の三段目の隅に、和紙に包んで保存した。

島原の乱では、多くの人々が虫けらの如く、死んでいった。後の世に次のような歌が詠まれた。

〽ほねかみ地蔵に花あげろ
三万人も死んだげな
小さな子供もいたろうに
ほねかみ地蔵に花あげろ

踏絵なるものを踏まされた人の中に、節夫のようにものを解した者（マリア観音を道具と理解出来た人）がいたら、少しでも悲惨さは薄められたのではないか。

ひと段落つくと、節夫は瑠音院《るおんいん》に、挨拶するため登城した。瑠音院は節夫を実の息子のように愛おしんだ。ちなみにこの頃の城主は松平忠刻であった。

「そなたの伯父上は《蜻蛉日記》などを読んでおった。尚舎文庫には一万点の書物が用意されているゆえ、よもや退屈などすまい」

「有り難き仕合わせ。痛み入ります」

「そう固くならずともよい」その観音様のような笑顔に、ほっとする節夫であった。

「何か不都合なことがあれば、遠慮のう申すがよい」瑠音院の言葉に、思わずマリア観音像のことを話しそうになり慌てた。『それくらいのことは、自分で判断をし、解決すべし』という考えが、節夫の行動を引き留めた。『男子たる者降りかかる火の粉は、自分で払わなければならない』と思っても、なかなか決断するのは困難なものがあった。だが、そこは天草四郎の生まれ変わり。城の主と父が取り交わした一、二、三の御用箱の約束、それが実行されているかどうかの見聞。

節夫の父、吉常ももう随分年を取った。その代役を引き受ける覚悟もいる。父はそれを見越して、瑠音院に引き合わせたに違いない。だがそれに甘んじてはいけない。父は武井家を絶やしてはならぬ、大きな役目を持っていた。年齢のあまりにもかけ離れた結婚が、それを如実に物語っている。父と母の年齢差は親子くらいあった。

ここの城主も次々と、目まぐるしく交代している。今は戦国時代のような権謀術数はない時代かもしれないが、実際には、松平氏は徳川家の本姓で、清和源氏とも新田氏の出ともいう。室町時代から続く家系で、三河国松平郷にちなみ松平に改称する。要するに、尾張・紀伊、それに水戸家の御三家は徳川を名乗り、庶流と士族は松平を称した。そのためかここの藩主は、あまり世に知られておらず、高力忠房以後、十二代・十三代の戸田氏を除き、松平忠和までは、松平家の出身者で占められているが、忠誠から忠愛までの四代は二十歳前後で死亡している。これは何を意味するのか、手元に資料がなく、紹介出来ないが、あるいは不幸な世継ぎであったのかもしれない。

そういう訳であるが、不幸にも、この武井家もより良い指導者に恵まれなかったゆえに、いたずらに無為な日を送らざるを得なかった、そういう部分が大いにあるかもしれない。だが、伯父、長平だけは一国の城持ちになったが、子宝に恵まれず、いや、実は瑠音院との愛を全うすべく、意識的に家族を持たなかったのかもしれないが、ただの一代で終わってしまった。節夫はそんな伯父のような人生はご免であった。伯父は文武両道をわきまえたが、それ以外のエネルギーは瑠音院への愛情として燃やしてしまった。生きることとは愛すること、長平はそう考えた。瑠音院というかけがえのない琴を弾き続けることが、長平の人生であった。

また武井家が帯刀を拒絶したことは、ご存知の通りであるが、世の中に平和が続いた手前、武は剣道修行の道具にしかならなかった。極端にいえば、武井家は精神至上主義に染まっていった。そしてそれはそのまま、文化と結びつき、歌舞伎などの芸能として、もてはやされていったのだった。このように、武井家の精神至上主義は結果的に進歩的なものとして、社会貢献をした。

だが、節夫にはそれはまだ理解できなかった。話しの俎上に上ることはあったが、それはどこ吹く風か、といったところであった。節夫は父と伯父のやろうとしていた、社会の基礎（社会基盤の整備）、これが大事な使命と心得るようになっていった。『何をなすにも、まず金がいる』まだ若い身空で志の低いこと、とけなされるかもしれないが、純粋にそう思えた。

ということは取りも直さず、年貢米制度の見直し。農民にこれ以上の負担を強いるのは得策ではない。それくらいのことは分からないでもない節夫であった。では、どうすればいいのか。第一に考えられることは、米や甘藷《かんしょ》を金に換えること。それをすぐに上申した。

これは少し先の話になるが、城主が松平から戸田に代わること少々、明和四年（一七六七）、戸田忠寛は、十五年満期の島原藩札、六種類を発行した。そして口之津では現在の銀行のような銀札方出張所が設けられた。これは戸田が宇都宮へ移封され、松平忠恕《ただひろ》の代まで続いた。

確かに節夫の思いは的を射ていた、と言えるのではないか。これに気を良くした節夫は、尚舎文庫の整理整頓や内部の改装を行った。乱雑に放置されていた書物をいろは順に並べ替えたり、壁を明るい色に塗り替えたりした。鼻歌混じりに整理整頓している書物の中に、日本初の活版印刷物の『伊曾保《いそほ》物語（イソップ物語）』が目に付いた。これは珍しいもの、飛び上がらんばかりに喜び、辺りを窺いそれをそっと懐に忍ばせた。この書は天草のコレジョ（キリシタンの学林）で刊行されたもので、現在この原本は大英博物館に置かれている。こなれた口語訳のローマ字書きで国語学上、重要なものである。

話には聞こえていたが、手に取って見るのはもちろん初めてであった。『何があるか分からんなー』彼は懐に手を当てた。ドキドキがなかなか収まってくれない。イソップ物語はだが、盗みを奨励したものでは勿論ない。むしろそれを戒めるものである。それなのに厚かましくも、盗もうとする根性、それはどんな教えにもないことである。『お返ししよう。どうもすみませんでした』中断していた整理整頓は、はたきを掛けながら再開した。中にはぼろぼろの表紙のものもあって、てこずったが、そこで昼飯時となった。

一人、尚舎文庫の控えで食う飯は昨日の冷や飯に、味噌汁をぶっかけた冷汁《ひやしる》で味気なかった。報酬はほとんど食費に消えたが、それでも食えるだけましの宮仕え、と思った。ぶつぶつ言いながら、作業を続ける節夫に、ひとつの疑問が生じた。

それは取りも直さず、言葉の問題である。イソップ物語は動物寓話といわれているが、その『寓話』の根本は何か、と素朴な疑問を解きながらの仕事と相なった。そして誰がそれを創り、誰に断ってその使用に相なったかという疑問に行き着いたのだったが、その疑問を捨て去ろうとすると、かえって脳髄にへばりついてくる。その障害物みたいな問いに、節夫は答えなければ先に進めないことに、辟易しながら箒《ほうき》を動かした。つまり、自分が借り物の言葉を使い、借り物の思考をし、借り物の質問に答えを出す。そのことはさっきイソップ物語を盗もうとしたように、誰からかの盗用でしかないのではないか、という妙な疑問が湧いてきたのであった。そしたら全ての事柄が、他人のものになる。だとしたら、我らは他人から出来ている。ということは、我らは他人《ひと》の言葉から出来ている、ということに行き着くのではないか。

こんなことを考えるのは、暇人のやること。でも、それで飯が食えるのだから、結構なことではないか、と感謝すべきだろう。箒をはたきに替えながら、一冊一冊に注視し、並べ替えていると『よくもまぁ、これだけ集めに集めたもの。余程入れ込んでいたんだなぁ』と感心させられる。流れる汗を拭く、喉が渇く、水を飲む、また汗をかく。埃まみれになりながら、またはたきを掛け、拭き掃除に掃き掃除。そして、題名と著者名を読み、規則正しく並べ替える。これは大事な仕事。一冊一冊に心が籠っているから、手指の汚れが積もっているから、価値が出てくる。親しみも湧いてくるし汚れているほど、ないがしろに出来ない。貴重な書だと言い得る。そして、ここへきて多くの書物の中から、読むべき書物を探し、匂いを嗅ぎ、紙を捲る音を聞き、味を見る。そして夢を見る。この頃はまだ文盲率が高く、文字を読める人々は限れていたが、松平家がこうして力を入れたため、読み書きも徐々に上がってきた。

延享元年（一七四四）、領主が松平忠刻の時、領内に枦《はぜ》十万本を植え付けさせ、財政の立て直しを図った。枦の実は蝋燭の原料となるものである。蝋燭の経済効果はそれなりに大きく、また甘藷栽培を奨励したため、口之津の畠はいま甘藷の青い葉が育っている。しかし、白浜の防砂林構想の時、設けた畠を見ても分かるように、土地が痩せているところが多く、財政事情は芳しくなく、ついに延享三年（一七四六）には領内に五カ年節約令を発した。その後大きな一揆が起こらなかったことを考えると、この節約令は一応成功したものと思われる。

しかし、目を大きく転じると、（全国的に）この頃は農民一揆が繁く、三十年間を見ても十年に五十件を下らない頻度で起こっている。年貢の過激な取り立てだけでなく火事・疫病・水害その他天変地異に見舞われたことも大きな理由であった。対して幕府は何の対策も取ることが出来ず、各地の河原は農民先導者の見せしめの首斬りで真っ赤に染まったという。

このところ時々忠祇が尚舎文庫を訪れ、節夫と顔見知りになった。学問への造詣が深く、この度は、

「渋川春海なる天文暦学者は地きゅうは毬のように丸い、と言うがその説は正しいだろうか」

と節夫に質問した。節夫は、

「二百二、三十年も前、マジェランという者が、サンルカルデバラメダ（スペイン）から出発し同じところへ帰着したとの、書物がありますれば、ここに至ってやっと日本でも、正しいことを言う者が現れた、と言えるのではありますまいか」節夫は恐らく、忠祇が『それは邪道というもの、我が師はずっと先々は滝のように落ち込んでいる、と申しておる』という返事を待った。果たして忠祇は

「丸ければこうして座っていることもかなわんが」と言う。

「私めもそのように理解しておりますれば、なかなか」と言い、口を閉ざした。

「毛唐の言うことなど信じられんわ」続けて

「地きゅうが丸いなどと言う者、悪戯に世間を騒がすのみ、何の役にも立たん」これが十二歳の領主が放った言葉である。そこで

「仰せながら殿、新しきものに蓋をなさることのなきよう」

「ええい、どうしてこの靄を晴らしたらいいのじゃ」

「……浅学者ゆえ……」責任みたいなものを感じる節夫。この時節夫は、確か先祖が持っていた洋書に、そうした注釈が記してあったことを思い出した。そこで

「機会があれば、船など見学に参りましょう」と提案した。

「船を見て、地きゅうのことが分かるかのお」

「きっと分かるはずです」

「どのように」

「それは実物を見てからでございます」

「ふむ」

だが、残念ながらこの約束を守ることは出来なかった。忠祇が年齢的に幼すぎたため寛延二年（一七四九）、宇都宮戸田忠辰と交替させられたからである。

だが、この忠祇の態度を見ても分かる通り、松平家の智に対する取り組みは、なかなかのものと言わなければならない。島原藩の戸田氏は先の忠辰が病没し、弟の忠寛が二十年ほど統治にあたり、その後再び松平に返り咲くことになるがそれはそれとして、戸田忠寛は先ほど述べたとおり、期限付き島原藩札六種類を発行した領主で、この藩札の発行は松平忠恕に引き継がれていく。その後、忠寛は宇都宮へ、そして松平忠恕は島原へ移封された。これが安永三年（一七七四）のことである。


それから三年が経過。安永六年（一七七七）の七月。口之津に大暴風雨襲来、農作物被害が三万石に上った。そして八月にも再び、大暴風雨が渦を巻いた。人々の中には立ち上る龍を見たと言う人まで現れた。

そして特記すべきは、長生きを自慢していた、おつねの旅立ちがあった。この大暴風雨がおつねを連れ去った。いや、龍が彼女を飲み込んだと、伝来にはある。巨大な龍はたった一人の老婆など、口汚しにしかならなかったであろうし、だが、山椒《さんしょう》のような辛さがあったに違いない。

しかるに、人間《ひと》の世には、働き者で親切な人触りの良い、また滅多にない長寿者として崇められた。それが、たまたま一人で酒を飲んでいたところを襲われた。口の悪い者は、龍は実は酒が目当てであった、と言う者までいた。

吉常は、瓦礫の山と化した我が家の姿を見出すべく、力を尽くしながら、先ず仏壇を探した。仏壇は奇跡的に破壊をまぬがれ、家の隅に残されていた。

『これで、兄者を失い、両親《おや》を見送った、いよいよわしの番』仏壇に手を合わせる、その手は油気のないかさかさの枯葉のようであった。

この龍はこれだけ食ったのに飽き足らず、さらに翌年、性懲りもなく襲いかかり、家屋八千二百戸、農作物二万四千石を飲み込んだ。龍を鎮め得る力を持つ者はいなかった。酒も用意してこの龍に与えてみたが、それだけでは、その胃袋を満たすことは出来なかった。それは七頭《ななかしら》の龍であったらしく、古文書で示すような措置（七ヵ所に酒樽を奉納）では、通じなかった。人力に限りがあった。そしてそれこそが無限の力の存在を予感させる。

吉常と節夫は荒れ果てた地上に題目をあげ供養した。

人々の結束は強く、村はみるみるうちに蘇り、二年後には藩札発行の期間延長十五ヵ年の許可が出た。こうしていつまでも若い口之津は、叩かれ潰されては敢然と立ち上がり、蘇生した。

口之津に戻っていた節夫は再び島原へ発って行った。尚舎文庫の件では、嵐の後とあって気にはなっていったが、どうやら大被害は免れたようである。それはこの度、書棚の整理整頓をし、改装したからに他ならない。何しろどこからどう集めたものか、忠房が集めた一万冊の書物はどれも貴重な代物である。ないがしろには出来ない。度重なる暴風雨で、すっかり尚舎文庫を訪れる人は減ったが、病理学書、薬草書や建築の書物など、長期間、貸して欲しいという前例にない者も現れた。その者には簡単な誓約書を書かせて応じることにした。

この安永時代の頃より天明の世に移った頃は、全国的に大飢饉が発生する。天明二年（一七八二）は天候不順で凶作、天明三年（一七八三）は冷雨が続き、浅間山の噴火のため大凶作、天明四年から六年（一七八三～八六）も不作で、慢性的な大飢饉となり、餓死者・病死・行き倒れなどが続出し、人は草根・犬猫、あるいは人肉すら食らうという惨状を呈した。このため、逃亡・騒動、一揆が頻発し、老中田沼意次の失脚の一因となったという。

実は、遡ること享保十七年（一七三二）には、西日本は大飢饉（享保の大飢饉）に見舞われた。この時、島原は虫害に見舞われ、米の減収三万五百二十二石に上ったとある。これに対して武井長平は、貧民に炊き出しなど、温かい救済をしたため、随分感謝されたという。

それから下ること天保四年（一八三三）、天保の大飢饉が起きることになるのだが、この三つの飢饉（天明・享保・天保の飢饉）を特に三大飢饉と称した。

これに対するに幕府は、大坂の蔵元より金を借り、諸大名に貸し付けたという。腹は米で肥るが、金では大きくなるまいというのはもっともだが、やはり金が幅を利かしてきたようである。これは節夫の読んだ通りに展開している。

ここに至って吉常は、恐らく龍の大暴れで母親のおつねを亡くし、住み慣れた家を失い、とりわけ寄る年波には勝てず、古木がポックリ折れるが如く、あっさり昇天してしまった。

今度は紫苑が口之津に残された。紫苑はまだ若く、働き盛りであったので苦しいとは言わなかったが、ただ、一人で百姓を続けていくのには、少し難点があった。

この時、島原城の瑠音院《るおんいん》から一通の書状が届いた。何の前触れもなく、かかるお方からの書状、急ぎ開いてみれば、

〽さ夜中に　友呼ぶ千鳥　物思ふと　ふと侘びをる時に
　鳴きつつもとな

そなたも一人では寂しかろう。私の心は、その歌の通り、もし、よければいつでも城の門

は開いております。

瑠音

至極簡単なものであったが、それで真意は十分であった。

例えばここで武井家を守ると言っても、この家は過去、幾度もの災害で潰され、その度に復興した。言わば、仮の家であれば、これを守ると言っても、何かピンとこない。確かに農地も二反ほどあるとはいえ、一人でこれを守ることは、至難の業。瑠音院の許しが出たとなれば、節夫とも話し合い、そこのところをはっきりしなければならない。

その頃、節夫は、はたきをかけ終わり、書棚の三段目の隅からマリア観音を引き出した。丁寧に巻かれた和紙を、取り除こうとしたその時、節夫はある種の神がかり的な観念に襲われた。マリア観音の抱いている子供を我と見た場合、左の聖人はすでに他界した長平伯父で、右手の聖人は父吉常となるのではないか。『そんな馬鹿なことはない』激しく否定する節夫の手の中で、マリア観音はキュキュと泣いた。

その日の午後。

家を守っている紫苑から、一度里（口之津）へ帰ってくるようにとの連絡を受けた。近いうちに、そうしようと考えていたので、節夫の行動は早かった。マリア観音を隠し、身支度を整えると、瑠音院に許しを乞うべく城へ登った。そして、改めて瑠音院を見ると、やはりどこか観音様を彷彿させた。節夫は心の中で手を合わせた。

口之津の我が家へ着くと、上がり框で足を洗い、疲れただろうと、紫苑が差し出す手拭で、足を拭きながら、何から話したが良いか、考えていると、紫苑は

「困ってしまう」と言う。

「畠にももうずいぶん長いこと行っていないから、どうなっているか。せっかくお祖父さんが開墾してきた土地だから、大事にせにゃ」と言いつつも、何とも有効な考えは浮かんでこない。そして

「暫く、どなたかに貸してあげましょうか」

「そして母上はどうする」と問うと、紫苑は一枚の書状を、節夫に渡した。

「瑠音院様からの書状」書状に目を通しながら

「おお、そうか、そうか。母上は元は城仕えじゃったな」と言った。

「そんな母上が、百姓など出来るはずがなか」

「うちも随分苦労して、土と知り合い、戦うこと幾歳月」

「子供のうちから鍛えとらんと無理ばい」

「この頃、腰が痛うて」

「そうしよう」節夫の腹は決まった。

「え？」

「母上も登城するか」独り言のように言う節夫は、何か楽しそうである。

「私は暫く宮仕えを止めておれば、少し、不安も感じます」

「心配はいりません。そのために我がいる」

「お願いします。でも、この地を去るのは名残惜しい」

「すぐに忘れてしまいます」

「でも、それではいかんとでしょう」

「いつの日か日も巡ってきます」

「でも、島原と口之津の言葉は微妙な違いがあります」と言って、よく使用する方言が書き込まれた紙を見せてくれた。

「これだけ分かれば大したものです」

「口之津弁のことは、私にお任せあれ」

「言葉はいつの間にか、持ってきた言葉と土着の言葉が結婚して、いつの日にか分からなくなってしまう」

「誰の言葉でもなくなり、いつしか自分の言葉になってしまいます。ほれ、このように私はもうどこぞかの国の言葉を喋っている」

紫苑は少し顔を歪めた。

「言葉は心を伝える手段であれば、心を育むのも言葉」

「この度、某説話集を紐解いていましたら、《この世を把握すべきは、頭と尾のない蛇と心得よ》という興味深い言葉に行き着きました」

「何です、それは」

「読んで字の如し、ですよ。過去も未来も分かり得ぬ人間は、頭も尾もない蛇と同じという」

「確かに、その通りです」紫苑は行李《こうり》に、腰巻きや小袖などの衣類を、入れながら返事をしているが、どこまで理解できたのか不明である。

「あの時の嵐で、何もかも失ってしまって」

「確かにあの日は大変でした」節夫は方言が一つも出てこないのに驚きながら、

「頭と尾のない蛇の話、お分かりですか」と忙しそうな紫苑に言うと、慌てて
「分かります、分かります」と言いながら、手を止めた。

「頭と尾のない蛇とは、言い得て妙ですね」

「ほんに、ほんに」

「神話に始まり、神話に終わるのでしょう」

「確かにこの世を創られたのは国生みの神、イザナギノ命イザナミノ命でしたね」

「流石に母上は城におられただけはある」そう言われて紫苑は、

「そして、まず淡路島をお創りになり、次々とお子をお産みになります。が、最後に火の神

スサノオノ命をお産みになり、焼け死んでおしまいになった。イザナギノ命は大層お悲しみになられ、また恋しくも思われ、根の国に参りますと、イザナミノ命はボロボロの体になり、うじ虫が湧いていて、何匹かの雷がそばにいたような状態で……」そこまで話した時、節夫は紫苑に待ったをかけた。そしてその続きは我に任せてと言い、次のように話し出した。

「イザナミノ命はボロボロの体になり、うじ虫が湧いていた。そのうじ虫の最後の一匹を口にした時、死が待っているとは知りつつも、それを食べなければならない、悲しい運命のイザナミノ命。そこに成屍須《ナルシス》という美男子がイザナミノ命を美しく思い、求婚するが、それには答えず、最後のうじ虫を口にし、死んでしまった。成屍須はひどく悲しみ、ねんごろに弔ってやった。すると、墓から金の粒が汗のように噴き出した。成屍須はその金をどうしようか、随分迷ったが、蠅の背に乗り、西方にある貧しい国へと飛んだ。そしてそこの美少女に、歌の勉強の足しにするようにと言い、帰って行った。美少女は有り難いやら嬉しいやらで、東に向かい深い感謝の歌を贈った……そしてその数年月後、彼女の歌声はこの地球《ほし》の隅々まで、響き渡ったと……終わり。これでどうです」

「まぁ、まぁ、何とも言えぬ素敵な話」

「これは全て創作にすぎません、この頃は人間の世より、虚構の世に、より以上の興味を感じます。これは危険なことでしょうか」

「黙って心のうちに秘めていては、何にもならない。外へどんどん出すべきよ」

「陰徳では駄目でしょうか」

「奥ゆかしく、素敵な言葉を、知っていますね。さぁて、これでよし」紫苑は行李に縄をかけ始めた。それを手伝う節夫は

「住み慣れたこの地を発つのかと思えば、何とはなしに、淋しくなりますね」

「私、ご近所の方々に、挨拶をしてくるわ。お前は」

「我も一緒に行くよ」という訳で、二人は出て行った。

島原へは、半日かかった。

節夫が瑠音院に報告に上がると、瑠音院は目を細め、我がことのように喜んだ。そしてすぐに藩主忠恕へ挨拶に上がり、任務に就いた。

こうして、マリア観音の行く先をつらつらと見てゆくと、節夫はある種の法則が存在することに、行き着いてしまうことになった。それは思想的に天草四郎を頂点に位置すると、白馬と南無妙法蓮華経がその下に並び、隠れキリシタンで結びついている。そう考えると、やはりマリア観音は隠れキリシタンの元に置くのだ、一番いい方法であるように思える。

あの時、節夫が最後のお祈りをしようと、マリア観音を床下から取り出した時、マリア観

音は全身、玉のような露にまみれ、特に目には血のような涙が流れていた。それを見た時節夫は不吉なものを感じたが、今さら生月島行きの予定を変更するのも大人気ない話であると、マリア観音像の目の辺りを手拭いで綺麗に拭くと、その手拭いにも十字を切り、像全体をそれで丁寧に巻いた。そして小舟を繰り生月島へと向かったのだ。

ところがそれまで凪いでいた海が、沖へ漕ぎ出すとどうしたことか、天がにわかに掻き曇り、波が荒れ出したのである。節夫はマリア観音を、舟上で安全なところへ移動させようとした瞬間、事もあろうに荒波に命である櫓を取られてしまった。悪いことは重なるもので、節夫がよろめいたその瞬間、マリア観音も海の中へ沈み込んでしまった。

節夫が動転していたところ、幸運にも近くにいた漁師が助けてくれた。

すっかり意気消沈した節夫にもう一つの悲報が襲った。突然瑠音院が黄泉の国に旅立ったのである。

エピローグ

海の藻屑と消えたマリア観音は、その後どうなるのか、誰にも分からぬこととなった。

おわり

この物語は史実に基づくフィクションである。

■著者プロフィール

酒井政好（さかい　まさよし）
1948年、長崎県南島原市　口之津町生。
北九州市立大学経営学科卒業。
著書に『少年の遠い日』『南海に寄す』『ラ音で終わるプロムナード』『百と一つの物語』（星湖舎）『蒼い叫び』日本文学館　特別賞受賞。

新・南海《なんかい》に寄《よ》す

２０１５年２月６日　初版第１刷発行

著　者：酒井 政好
発行者：金井 一弘
発行所：株式会社星湖舎
〒543-0002
大阪市天王寺区上汐 3-6-14-303
電話 06-6777-3410　FAX.06-6772-2392

印刷・製本：株式会社国際印刷出版研究所

ISBN978-4-86372-068-8